AS ESQUINAS DAS MINHAS RUAS

Alfredo José Henrique

In Media Res

Contos - 2019

Capa e projeto gráfico: In Media Res Editora

Diagramação: In Media Res Editora

Revisão: Aline Moraes

Dados Internacionais de Catalogação na Publicação (CIP)

H519e

Henrique, Alfredo José

As esquinas das minhas ruas. / Alfredo José Henrique - 1ª edição - Nova Friburgo - RJ: In Media Res, 2019

206 p.

ISBN: 978-85-94016-15-7

1. Contos brasileiros. 2.Memória. 3. Quintino I. Título

CDU: 821.134.(81) CDD: B869.93

Educatoris Instituto de Educação Multidisciplinar Ltda

Rua Abdo Abi-Ramia, 81

28630-090 - Nova Friburgo - RJ

www.inmediares.com.br

Este livro é dedicado ao meu pai.
Um anarquista sem saber que era.

“Só os fracos necessitam de poder.
Para os fortes, basta a liberdade.”
Alfredo Henrique

Prefácio

De todos os sentimentos humanos, nenhum é mais natural do que o amor à terra, ao bairro em que vivemos os primeiros anos de nossa vida. O berço fala às nossas mais íntimas recordações, fazendo estremecer a extrema e profunda sensibilidade que há em nós. Tudo é lembrança: o perfume de uma flor, o amanhecer por trás da montanha e a bronca dos pais. Tudo desperta um mundo em nossa fértil imaginação.

O amor ao berço existe desde os tempos remotos. Um meio ligado à nossa vida, ao calor do lar. O sangue o estimula e a amizade o aprisiona. A simpatia se irradia e se estende por todos os que vivem nas proximidades habituais. No berço, ouvem-se as primeiras canções maternais e também os conselhos maternos. Formam-se as intimidades dos colégios e sente-se a inquietude do primeiro amor.

As ilusões juvenis são tecidas e sofre-se com as inesperadas realidades. Adquirem-se as mais profundas crenças e fortalecem-se os mais firmes costumes. No berço, nada nos é desconhecido, nem produz desconfiança. Legamos ao berço todos os vizinhos, os amigos da família. Conhecemos detalhadamente todas as casas, alegram-nos todos os batismos, todos os casamentos, afligem-nos todos os lutos. Por isso, sentimos no íntimo de nosso ser solidariedade com tudo o que pertence ao nosso bairro, ao local em que transcorreu a nossa infância.

É um sentimento real e mais do que natural. É necessário estimulá-lo com a educação, porque é anterior à nossa escola. Ama-se o berço ingenuamente, por instinto, com espontaneidade. É o amor do homem ao seu meio. Sua força moral é mais profunda, suas raízes estão no coração.

Ninguém ama regiões e homens cuja existência ignora. Tudo quanto está alheio parece mistério. Tirar um homem do lugar onde nasceu e foi criado é desterrá-lo da única pátria que ama com sinceridade. O resto do mundo é igual para o homem que nunca viajou. E quando viaja, sempre sente saudade da terra natal. Não se ama o berço pelo simples fato de ter nascido nele, mas pela personalidade que se formou ali, que deixa profundos rastros em todo o percurso da vida. Este ato não está ligado ao fato involuntário do nascimento, pois ninguém é questionado sobre onde quer nascer. Todas as nossas recordações iniciais são formadas por impressões do berço e toda a tristeza ou alegria busca sempre refúgio na vida interior, revivendo cenas de amigos, da escola, do lar e da rua, como se as rememorações da primeira idade pudessem aliviar-nos no decorrer dos anos. A força do sentimento local é percebida quando se está longe, viajando, nas horas de meditação que chegam a converter-se em angústia e nostalgia. Ninguém sente saudades do lugar que jamais conheceu. À medida que o tempo avança, a recordação do berço aumenta, fazendo esquecer tudo que foi ruim, lembrando-se somente do que foi bom. É comum ao homem pedir, na hora de morte, que transladem os seus restos para onde transcorreu sua infância, como se isso fosse devolver todo seu alvorecer. No desenvolvimento social, os que têm interesses comuns, crenças semelhantes, idiomas afins, costumes análogos, vão formando sociedades regionais, cada vez mais solidárias. A educação e a simpatia permitem abarcar outras regiões, embora reservem para si os melhores impulsos do coração. O amor ao berço sempre aumenta, brota naturalmente, sem cultivo, como a flor silvestre. Em culturas adiantadas, regiões ou cidades tendem a se associarem aos Estados políticos formando até nações. Os povos podem se sentir solidários dentro de uma unidade nacional, individualmente, porém, com o interesse de um ideal coletivo. O patriotismo só é sentido coletivamente e só é consciente para poucos homens superiores, capazes de uma reflexão e abstração política. De um modo geral, os lugares da infância continuam a atrair o homem, como acontece com os animais. Um instinto imperativo, insubstituível, que sobrevive em todos os indivíduos. O amor ao berço é a única e perpétua pátria do coração.

Esta é uma obra de ficção, porém, quaisquer semelhanças com seres vivos ou mortos não é coincidência, é a pura realidade.

Um.
O pé não faz parte do corpo

Cabeça, tronco e membros, trinca que estudávamos como parte de um todo denominado corpo humano. Ciência pura. E, logicamente, membros superiores e inferiores. Anatomia simples. Os pés como a parte inferior, o sustentáculo do corpo.

Bem em frente à ponte estilo londrino que divide os bairros de Quintino Bocaiúva e Piedade – antigamente denominada Estação do Gambá –, moradores das redondezas faziam suas compras no açougue do Seu Manoel, sujeito simpático, sempre sorridente com seus fregueses. O tipo de indivíduo feliz, porque não tinha desejos complicados.

Perto do estabelecimento, existia um campinho de futebol em aclive, onde a garotada se encontrava quase diariamente para a pelada costumeira. A Fazenda. Assim o chamavam, talvez pelo tamanho, que, hoje, certamente está restrito à simplicidade de uma lembrança fugaz.

No pequeno açougue, Seu Manoel faturava o suficiente para viver com dignidade. Nos fundos, havia um quintal arborizado que dava para a fazenda, onde ele tinha o hábito de realizar trabalhos caseiros nos horários de folga, fuçando uma pequena horta, orgulho para ele e a esposa. Além das alcatras deliciosas, o casal se deleitava com as alfaces crocantes e os tomates suculentos de sua produção. Até que um dia, desastradamente, Manoel espetou um prego enferrujado no pé, tão violentamente, que chegou a perfurar a sola do sapato.

– Que é isso, Seu Manoel? – perguntou um freguês, no dia seguinte, deparando-se com o dono do açougue com o pé todo enfaixado num pano branco encardido e mancando como uma mula sem ferradura.

– Nada não, Seu Joaquim, eu enfiei o pé num prego enferrujado, e o sacana era tão pontiagudo, que até atravessou a sola do sapato – respondeu o açougueiro, balançando um facão afiado numa das mãos.

– Prego enferrujado?

– Sim, ferrugem só! Na hora em que estava colhendo uns pés de couve.

– Puxa! E doeu muito, Seu Manoel?

– Na hora doeu, mas depois passou. Coisas da vida.

O freguês ficou alguns instantes observando o pé todo enfaixado, já ligeiramente inchado, até que aconselhou:

– Seu Manoel, prego enferrujado é muito perigoso, muito mesmo – alertou o freguês – o senhor já tomou aquela vacina, a SAT?

– O quê? O que é isso, Seu Joaquim? SAT pra mim é coisa de tevê.

– É soro antitetânico, Seu Manoel, o senhor tem que tomar.

O dono do açougue balançou o facão na mão, olhou desconfiado para o pé e voltou-se para o freguês, falando displicentemente:

– Ora, Seu Joaquim, isso aqui foi uma coisa à toa, não é preciso vacina nenhuma não. O pé não faz parte do corpo.

Alguns dias passaram. O freguês que fizera a advertência voltou para novas compras e, desta vez, se deparou não com o Seu Manoel, mas com sua esposa, trabalhando febrilmente, também com o facão na mão e, mesmo sem jeito, substituindo o marido.

– Olá, Dona Maria, a senhora é que está servindo agora?

– Isso mesmo, Seu Joaquim, eu já tinha alguma prática.

– E o Seu Manoel, onde está? Tá na horta?

Dona Maria parou de balançar a faca e olhou firme para o freguês.

– Está morto.

– Morto? Seu Manoel está morto?

– Está.

– A senhora está falando sério? Ele morreu mesmo, Dona Maria?

– Morreu – confirmou a mulher, franzindo o sobrolho e coçando as têmporas.

– Morreu de quê, Dona Maria? Algum infarto?

– De tétano.

– De tétano?

– É... de tétano.

– Então ele não tomou o soro? O pé dele estava muito inchado.

– Não. Não tomou o soro.

– Cacete! Bem que eu avisei que ele tinha que tomar o soro.

– Pois é.

– É.

Seu Joaquim ficou pensativo. Dona Maria também refletia bastante sobre a conversa.

– Ele lhe disse alguma coisa, Seu Joaquim?

– Dona Maria, quando eu recomendei que tomasse o soro, ele me disse que aquilo era coisa à toa e que o pé não fazia parte do corpo.

– Ele disse isso também pra mim. Aliás, dizia pra todos.

– E agora, Dona Maria?

A viúva fez um muxoxo e deu os ombros. Voltou-se para os bifes, mas não sem antes concluiu:

– Agora é isso: o pé não mais faz parte do corpo. Faz parte é do cemitério.

Dois.
O contraste

Era Outono. O chão da pracinha estava vestido de folhas mortas. Havia, porém, vida pisando nelas, ou melhor, provando que o pobre é mais feliz do que o rico. Uma constatação – precisa por pesquisa –, um fato, não uma crítica. Mais feliz, por não exigir tanto da vida e nem precisar provar que status financeiro garante felicidade. Era isso que se via naquela pracinha, com a algazarra dos garotos, provando que o tédio tinha outra moradia.

Sujo e lépido, o menino de olhar esbugalhado corria atrás da bola. Ogival. Naquele dia, a diversão fora feita da sua camisa encardida, fedorenta, e uma das poucas que possuía. A bola era sempre confeccionada com a camisa mais velha e rasgada de um membro do time ou por sorteio, sendo o dono dela, o executor. Mas isso não desmerecia nenhum garoto, pelo contrário, tornava-o o herói da tarde, por ter tido o prazer da cooperação e por saber que outros dele dependiam. Ato de doação, principalmente entre iguais.

Tão negra quanto sua pele e tão predestinada quanto sua esperança de se tornar um craque dali mesmo, a bola rolava na pracinha de Quintino, onde toda a tarde, Ogival se reunia com os amigos de travessuras, para a pelada, quase diária, dependendo das circunstâncias.

Era sagrada a peleja, simples e humilde, tão simples como o melhor caminho para a sabedoria. Sol e chuva não eram circunstâncias para que não se realizasse. Alguns meninos, com os fundilhos aparentes, nádegas crioulas, como duas bolhas de fervura de feijão preto, corriam num desvairado vai e vem, uns ao encalço dos outros, tentando alcançar a pelota, numa algazarra estonteante que se confundia com o chilreio dos pássaros, que orquestravam as figueiras centenárias da pracinha.

Havia sempre um teto ambulante de aves voando tanto quanto corriam os guris. Todas as tardes. Naquela tarde de outono, a pelada estava renhida, uma disputa danada que chamava a atenção de alguns transeuntes que passavam para dar uma espiada. Era passar e espiar, nada a apreciar, nenhuma lição a ser tirada.

Numa tarde como outra qualquer, porque também as tardes têm rotina, um fato inusitado, daqueles bem estranhos mesmo, aconteceu de repente, na direção do coreto da pracinha – coreto que, um dia, para gáudio dos antigos moradores, serviu de palco para filmagens com Orson Welles, que acabou se apaixonando por uma moradora do bairro, que se recusou veementemente a viajar com ele de volta para os Estados Unidos.

Bem perto da pelada próxima à pracinha, uma limusine preta, estranha e comprida como uma lagartixa, foi se aproximando, lenta e furtivamente, da criançada que, atônita, paralisava seus movimentos. Foi então que, de repente, a limusine parou também, estancou. Os garotos, perplexos, permaneceram imóveis durante mais algum tempo e a passarada começou a zonear o teto da praça. Seria um OVNI? Mas não voava!

Então um barulho estranho interrompeu o silêncio e a perplexidade dos garotos. A máquina começou a rosnar e, devagar, bem lentamente, uma das inúmeras portas laterais se abriu e dela saiu um plano inclinado, metálico e com trilhos, indo até a calçada lateral da praça, e parando bem em frente de onde ocorria a pelada. Deslizando pelos trilhos, desceu uma cadeira de rodas reluzente, toda ornamentada. O condutor, sentado nela, era um menino branco, louro, com olhos azuis, lindo como a cadeira de rodas e tão perfumado quanto uma Miss.

O menino parecia muito feliz e surpreso. Talvez jamais tivesse passado por ali, pois seu semblante denunciava que o local era diferente de tudo quanto conhecia. Olhava para todos os lados, para a praça, para as lojas modestas, para as figueiras e se encantava com a simplicidade do local.

A cadeira de rodas, que reluzia com a inclinação do sol por entre os passarinhos, piscava como uma árvore de Natal. Com linhas bem modeladas e frisos ondulados, era conduzida, agora, pelas mãos firmes de um camarada alto, inflexível, inteiramente alheio a euforia dos garotos e do próprio menino que empurrava – o menino louro dos olhos azuis e cabelos derramados em ondas longas pela testa alva.

Passado o impacto da ocorrência, os garotos voltaram alegres para o jogo ficando o menino rico como plateia, sorrindo com seus dentes alvos e bem cuidados, e com uma profunda covinha nas faces, que o tornavam ainda mais bonito.

A pelada permanecia acirrada até que, de repente, Ogival, cuja camisa servia de bola – à moda de Roberto Alvarenga, criador da famosa bola de meia –, arrematou um chute violento que saiu enviesado e foi chocar-se contra a cadeira de rodas.

Apavorado, Ogival levou as mãos ao rosto e o cobriu, envergonhado. Temeroso, enquanto os outros meninos também assustados observavam o homem fleumático, de terno tão escuro quanto aquele carro comprido, ficou sem saber o que fazer.

Pensou em fugir, mas o homem do terno negro causava-lhe tanto medo, que resolveu cumprir o que sempre fora determinado nas peladas de subúrbio: ritual convencionado, quem "zunisse" a bola, teria a obrigação de ir buscá-la.

Era ele o herói do dia, e não havia outro motivo, nem falta de coragem para pedir desculpas ao menino cadeirante e ao homem, inteiramente ausente, e ir apanhar a bola. Hesitou durante alguns segundos. Olhou novamente para o menino louro e sorridente e então para o homem do terno preto em posição implacável, de sentido, fez uma careta, enfrentou o medo e foi em direção à cadeira de rodas e à bola.

Chegou mais perto. Sem jeito. Bem mais perto. O menino louro acompanhava atento, mas sorridente. Ogival tremia dos pés à cabeça quando alcançou a pelota com a mão direita, abaixando-se. Estava quase petrificado. Com muito esforço, colocou a bola na mão esquerda e olhou com mais coragem para o homem atrás da cadeira de rodas. Depois, voltou seu olhar para a cadeira reluzente e ficou mais um tempo imóvel. Seus olhos começaram a brilhavam.

Uma sensação de deslumbramento, admiração, e perplexidade invadiu sua curiosidade. Estava bem perto daquela preciosidade. Cores douradas e prateadas, desenhadas com frisos sinuosos, terminados em espiral. Tudo era imponente em contraste com aquela pracinha simples e bucólica. Jamais em sua vida humildade vira algo tão encantador.

As mãos trêmulas e assustadas colocaram novamente a pelota no chão, ainda repleto de folhas secas, e começaram a tocar suavemente os braços da cadeira, ao mesmo tempo em que seus lábios sorriam um sorriso de olhos cerrados, que se abriam voluptuosamente, arregalando-se com tanta beleza. O menino louro, percebendo a admiração do menino negro, permanecia sorrindo, embora lágrimas escorressem de sua face.

Com as perninhas ainda trêmulas, Ogival, o garoto de pele tão negra, olhou nos olhos do menino louro de olhos azuis. Indeciso por alguns instantes e depois, não contendo tanta perplexidade e encantamento enquanto acariciava, terna e suavemente, a cadeira reluzente, perguntou, ainda temeroso:

– Posso... Posso dar uma voltinha?

Três.
A linha do equador

A barbearia do Martins era o ponto de encontro do pessoal da esquina. E não havia quem escapasse das fofocas e das boas e más notícias. Dos prós e dos contras, da vigilância dos vizinhos e até dos julgamentos daquele lugar que funcionava como fórum autorizado das mais incríveis polêmicas. Tudo, no entanto, era resolvido numa boa. Sempre com humor. E dos bons.

Havia até quem cortasse o cabelo mais de uma vez por mês, somente para fincar sua presença e saber das novidades da esquina. Notícia, fosse qual fosse, valeria mais que qualquer descoberta, pois ninguém ali estava entregue a si. Não havia lábios lacrados.

A barbearia do Martins ficava ao lado do armazém de Dona Anatália, mulher forte e trabalhadora. Levava seu comércio com denodo e camaradagem, como se fosse formada em psicologia, palavra até então desconhecida, já que qualquer desconforto mental era diagnosticado como frescura. Dona Anatália assumira o empório depois da morte do marido, o que, na realidade, ocorria com muitas companheiras renegadas ao esquecimento.

Melhor do que qualquer bar, aquele lugar se tornara o ponto preferido dos encontros. Toda mentira era captada, anotada e alardeada, como a do Walter Ari Barroso, um vizinho que matara corajosamente um jacaré aos socos, num riacho na Rua Clarimundo de Melo, perto da Escola XV de Novembro. Ou como a do Arlindo, filho do "Abião sem Asas", que atravessara um enorme precipício no Morro da Covanca, em Cascadura, pendurado numa cobra jiboia, tendo confundindo-a com um cipó gigantesco.

Era comum, naquela época, o mundo à parte dos mentirosos, que faziam da mentira uma verdade virtual e da alegria do pouco que ocorria algo preferível ao nada. Traições eram imediatamente descobertas, e os cornos eram saudados com efusão, sempre que passavam em frente à barbearia. Tudo disfarçadamente.

Cortar o cabelo ou fazer a barba não era o mais importante, o ponto alto era a reunião do grupo e a ansiedade pelas novidades. Ali, funcionavam, principalmente, o rádio e as suas notícias, já que televisão era coisa rara e estava apenas iniciando suas atividades. A barbearia do Martins era, ao mesmo tempo, o rádio, a televisão, a boca, o jornal, e tudo mais que fosse acontecimento. Autêntica Universidade da Informação.

Seu Manoel da Mina, um português trabalhador, alto, nariz comprido e fisionomia sorridente, sempre voltava do serviço com o seu macacão azul e um charuto enorme, fedorento, preso temporariamente a um dos cantos da boca.

Morador antigo da Rua João Barbalho, ajudava outros moradores, permitindo que utilizassem os fundos do seu terreno, onde havia uma fonte com abundância de água, numa época em que o governador Carlos Lacerda ainda não havia construído o projeto "Água até o ano 2000". E assim, a vizinhança organizava filas enormes à sua porta, principalmente as irmãs Peninha, Carola e Marlene Labareda, as três belas moças da região.

Certo dia, muito tranquilo como sempre, com seu charuto no

canto da boca, Manoel da Mina chegou do trabalho, desceu do ônibus na Elias da Silva, subiu pela Barros Leite, passou pelo armazém de Dona Anatália e parou à porta da barbearia, como fazia todos os dias. Comunicativo que era, mascando o enorme e inquieto charuto fedorento, cumprimentou a turma, enfiando a cabeça para dentro do recinto. A barbearia estava repleta.

– Olá, Seu Manoel, como vai o senhor? E a Atlantic, tudo bem? – perguntou Martins, pente e tesoura nas mãos, fazendo a barba de um cliente, e parecendo nem tomar parte dos acontecimentos. Adorava o papo da corriola, mas não conseguia largar o serviço. Tinha atenção redobrada nos fregueses e nas fofocas, como se tudo aquilo servisse de fundo musical para uma película de Chaplin.

– Lá vai sempre tudo bem, ora – respondeu Seu Manoel, como se não houvesse razão para a pergunta, dando mais uma esticada para dentro da barbearia.

– Seu Manoel, estamos aqui numa dúvida tremenda. O Cabeça de Maracanã, filho do Martins, trouxe aqui um mapa geográfico e ficamos com uma grande dúvida – disse Fred Fundibila, um dos elementos cultos do lugar.

– Duvida? Que dúvida? – perguntou, passando o charuto estrangulado para o outro lado da boca.

– Dúvida sobre a linha do Equador.

Seu Manoel franziu a testa, fechou o olho direito e deu mais uma espiada com o esquerdo, meio desconfiado. Depois sorriu, estrangulando novamente o charuto fedorento.

– Sobre a linha do Equador?! Linha? Que linha?

– Pois é. Nós gostaríamos de saber de que cor ela é.

O velho funcionário da Atlantic deu mais uma espiada para dentro da barbearia e percebeu o ambiente "sacanalesco". Continuou desconfiado, mas permaneceu sorrindo.

– E daí, porra? Que é que eu tenho com isso?

– Nada não, Seu Manoel, a gente só queria saber. Afinal, o senhor trabalha numa empresa importante e achou que poderia saber. Enfim, o senhor sabe que cor é a linha do Equador?

Manoel da Mina pensou, pensou. Olhou mais uma vez para a turma, franziu a testa para o barbeiro, que permanecia trabalhando como se estivesse indiferente, sorriu disfarçadamente e respondeu com alguma autoridade.

– A cor da linha do Equador é azuli.

A barbearia do Martins veio abaixo com tanta gargalhada, com um freguês quase se ferindo com a navalha. Mas Seu Manoel nem se perturbou. Trocou o charuto, de um canto da boca para outro, deu mais uma mascadinha, e, pelo canto livre dos lábios, acrescentou, até com certo ar de sabedoria:

– Ora porra, se ela não for azuli, alguma cor há de ser!

Quatro.
A prótese peniana

Tempo maravilhoso aquele em que não havia Viagra, nem psicólogo. Uma parada. O cara que falhasse na hora h cortava dois dobrados para se explicar. E nem sempre se recuperava, ainda mais se a mulher botasse a boca no trombone. O que acontecia.

Aconteceu com o Edgar, logo ele que era considerado o fodão da esquina. Voraz conquistador. Não tinha quarenta anos quando aquilo aconteceu e se assustou, temendo ter começado a entrar na curva descendente.

As enormes coxas da Jandira poderiam tê-lo inibido, porém, o normal seria terem aumentado o tesão, já que se expandiam por um quadril bem torneado, quase sempre à mostra nas saias entreabertas nas laterais.

Mas Edgar falhou e falhou feio, voltando para casa mais chateado do que qualquer vice-campeão. E, como sempre acontece, recorreu ao melhor amigo para um aconselhamento discreto, passando, a partir de então, às conjecturas sobre a melhor forma para o cacete levantar. Não foi fácil, flutuou inteiro na tristeza.

Juntos, ele e o amigo pesquisaram com os mais velhos sobre ervas milagrosas, amendoim, ovo de codorna - que começava a entrar na moda -, garrafadas nordestinas e até uma poção miraculosa, supostamente feita de uma erva importada do Tibet, de um velho que morava sozinho no Morro da Caixa D'água, sempre flagrado com visitas de inúmeras mulheres à sua casa.

Como a casa do velho possuía um aglomerado de telas, tapetes e estátuas estranhas, ele era considerado um místico, capaz de resolver qualquer enfermidade. Os aconselhamentos espalhavam-se pelo bairro e vários recursos da medicina já haviam sido tentados, quando Edgar resolveu se consultar com um cirurgião peniano. A qualquer custo, gostaria que sua fama de conquistador permanecesse.

Mais de sessenta por cento das doenças são neurogênicas e podem ser curadas com terapias alternativas, como aromaterapia, florais e inúmeras outras soluções fora da medicina convencional. Mas quando o bicho pega mesmo, quando já se encontra no bico do corvo, como dizem os médicos, só o medicamento ou o bisturi salvam.

O aniversário de um amigo estava para breve e suas festas eram sempre sensacionais. Edgar não podia faltar. Já se consultara com o Dr. Alcione e se considerava pronto para o que desse e viesse. A festa seria realizada na sede do "Peida na Colher", um bloco lançado na esquina pelo mecânico de automóveis, Adilson, conhecido como "Mapa do Brasil" - por ter o rosto todo riscado de cicatrizes ao colocar fogo em uma lagartixa com uma garrafa de álcool -, que era o morador mais centralizado, que melhor conhecia o bairro e desfilava nele em todas as segundas-feiras de Carnaval.

À frente da bateria, uma fileira de ritmistas, com colheres usadas em cozinha, dava o som inicial do samba enredo. Os integrantes da ala tinham a obrigação de comer bastante repolho no dia anterior, para que na hora do inicio do desfile, o povo fosse saudado com um tremendo peido coletivo. Logo depois, o som magnífico das colheres entrava em ação.

Na sequência, vinha o sambinha e tudo mais, com o peido mais alto e prolongado premiado após o desfile. Era o bloco mais animado do lugar, mas assistido apenas de longe, com uma expectativa esfuziante pelo som mais original do Carnaval. Suburbano, afinal, não é de ferro.

Ninguém faltava à festa no Peida. Todos os amigos estavam presentes, Tutuca Oliveira, Jorge Sapelho, Mapa do Brasil, Dario Coleiro, Fred Fundibila e Filme Brasileiro, que ganhara esse apelido porque não sabia escrever nem ler e só assistia a filmes nacionais.

Durante a festa com tanta bebida, todos os homens – o que é natural – sentiram a vontade de urinar, fazendo com que se dirigissem ao mictório da sede do bloco. Edgar liderava apressado, à frente dos mijões.

– Quando um brasileiro mija, todos têm que mijar, não é, Otelo?

– É sim, Edgar. Parece que veio todo mundo ao mesmo tempo – respondeu o amigo aniversariante.

Parecia um bloco, com todos ao mesmo tempo abrindo a braguilha, pondo o bilau para fora. Todos? Todos, não: menos o Edgar! Atrapalhado em desapertar o cinto, arriar as calças até os joelhos, executar um espaço de recuo e arriar a bunda quase até ao chão, demonstrava um esforço tremendo! Era estranho todo aquele ritual. A maioria dos presentes interrompeu a mijada com a cena inusitada, para observar o amigo.

– Que é isso, Edgar? Tanto sacrifício pra mijar, porra, tá passando mal? – disse um dos amigos, sacudindo o badalo e respingando urina pra todos os lados.

– Puxa, ele tá todo respingado de mijo – acrescentou outro amigo. – Parece até mulher mijando.

No mesmo instante, com todos os amigos assistindo, espantados, Edgar virou atração, como se estivesse sendo filmado arriando as calças, desamarrando uma cordinha em torno de uma das coxas e soltando o pênis, já ereto e respingado de urina. Só então, com o bicho preso ainda à cordinha, conseguiu esticá-lo ao mijadouro, soltando-o da cintura.

– Cara, tu tá até parecendo cowboy de faroeste americano, com essa cordinha pendurando um trezoitão. E tá mijando de pau duro? Isso é tesão de mijo?

– Rapaz! – exclamou outro amigo. – Nunca vi isso em toda a minha vida! Que que é isso, Edgar?

Ninguém saía do mictório. Toda a turma do Peida ansiava por uma explicação.

– Porra, Otelo – explicou o amigo, se desculpando. – Isso aqui é prótese peniana. Tava russo pro meu lado, o pinto não ficava duro mais, e eu não conseguia ereção de jeito nenhum, aí fui procurar o Dr. Alcione. Só que agora, com a prótese que ele colocou, esse troço não amolece nunca, e aí eu não posso andar pela rua de pau duro. Por isso tenho que amarrá-lo na perna com uma cordinha.

Os amigos se aproximaram mais curiosos.

– Isso é novo? – perguntou um deles. – Edgar, isso resolve?

– Que troço diferente! – arrematou outro.

– Novíssimo, cara, é a última novidade. O Dr. Alcione, que é urologista, implantou dois cilindros metálicos, envoltos por uns tais de poliéster e silicone. Tem uma bombinha aqui no saco e um reservatório com um líquido, junto ao rim. Quando eu aciono a bombinha, o líquido do reservatório faz o bilau inflar. Eu não precisaria andar assim, sempre alerta, só que a bombinha enguiçou, e, até agora, nem o urologista conseguiu ainda consertar.

– Porra, Edgar, deve ser chato andar assim pela rua, de pau duro o dia inteiro. Você não perde o tesão com tanta parafernália?

– Pois é, cara, quando vou transar, retiro a cordinha às escondidas, e as mulheres até me elogiam por estar pronto de imediato. Elas se sentem eufóricas, como se fossem a motivação antecipada, mas é chato mesmo. Agora, alterno banhos frios e quentes, na tentativa de desinflar. Aliás, tô fazendo qualquer coisa pra resolver.

Otelo riu. Todos riram, mas compartilharam, até certo ponto, do drama ridículo do amigo Edgar.

– É, cara, a partir de agora, você é o novo Durango Kid. Com essa cordinha amarrada nas pernas, segurando o coldre. Durango Kid, o herói dos quadrinhos! – concluiu um dos amigos. Sem alternativa, Edgar sorriu.

– Durango não, Otelo – acrescentou outro integrante do Peida.
– Duro Kid.

Cinco.
A casa mal-assombrada

Todo mundo ouvia passos estranhos na casa mal-assombrada, casa, aliás, que pertencia ao Barão de Taquara. Um horror. Só não era a mais bonita do bairro, porque a residência do abolicionista Quintino Bocaiúva, que redigiu os termos da Carta da Abolição da Escravatura, do outro lado da estrada de ferro, era magnífica! Linda.

Hoje, está caindo aos pedaços, apesar de os políticos da região terem prometido reformá-la e transformá-la no Museu da Abolição. Cascata demagógica, inclusive quando afirmam que o povo até gosta quando mentem, alegando que, se o político não mentir, prometendo o que é impossível de ser cumprido, não será eleito.

A casa do Barão de Taquara, situada bem numa esquina, reinava imponente, com uma imensa varanda curva, obedecendo à curvatura das ruas, com pilares arredondados, repleto de pinturas ornamentais. No interior da casa, habitavam maravilhosas reproduções de Monet, Pissarro e Renoir, impressionistas famosos. Nas paredes, ressaltava a "Menina Espigadeira", de Renoir. Não só na sala havia várias pinturas, como em todos quartos. Além dos fantasmas, lógico. Era uma casa historicamente importante, mas era mal-assombrada.

Lá, habitava um terrível fantasma que assustava os moradores locais, principalmente pelo lugar em que se encontrava: bem em frente à esquina.

Vovó Inácia, um dos grandes amores do Barão, constantemente reunia a garotada ao seu redor, sentada num banquinho à beira da rua, junto ao portão de onde morava na João Barbalho, para contar histórias inusitadas ali acontecidas. Juntava sempre um número apreciável de meninos e meninas, que se encantavam ouvindo maravilhas do que se passara com os antigos moradores. Ao contrário do que se observa hoje, com meninos e meninas fanatizados pelo computador e pelo celular, passando noventa por cento do tempo – pesquisa da Organização Mundial da Saúde – diante de jogos ou conversas fúteis.

Do portão até a casa onde Vovó Inácia morava, estendia-se um terreno comprido, com um caminho de terra cercado por jardins de ambos os lados, pelo qual a amorosa velhinha caminhava, todas as tardes, até o banquinho no qual se sentava, acompanhada pelos olhares atentos, sedentos pela sabedoria secular.

Caminhava lentamente, sem se preocupar, sabendo que, após o primeiro e mais importante dos passos, já que ninguém consegue correr uma maratona sem ele, alguns daqueles guris já estavam à espreita.

A garotada se embevecia, distraindo-se com o gramofone velho, movido pelas mãos com uma manivela. Músicas antigas incríveis, como "Toma lá tomate na cabeça do repolho", canção gravada pela Casa Édson, Rua Buenos Aires, Rio de Janeiro, Brasil. Um disco imenso, de acetato. Rodava com velocidade irregular, começando dessa forma, numa tremenda curtição, acelerando ou retardando a melodia, com o comando manual à manivela.

Vovó Inácia era bem idosa, ligeiramente gorda e pesada, morena mais para negra, semblante tranquilo e simpático, curtido pela experiência da vida, sempre sorrindo levemente. Também contava as histórias da casa mal-assombrada, já que morara algum tempo com o Barão de Taquara, alertando a todos do cuidado que deveriam ter, ao passar pela frente ou pelo lado da residência. E não era para menos, com a população sempre acelerando os passos, ouvindo o ranger das folhas pisadas, o som de talheres e pratos, como se algum jantar estivesse sendo servido, e fantasmas, monologando ao sabor de lenços esvoaçantes que cortavam sinuosamente o ar, o lugar era mesmo assustador.

Realmente, a população se apavorava e não se aproximava da casa. Os ruídos eram diários, principalmente à noite, até uma determinada hora. Almirante, autor de um dos programas de maior audiência na Radio Nacional, chegou a se interessar pelo caso e fez uma grande reportagem, tornando-a famosa e especulativa, no seu "Incrível, Fantástico, Extraordinário". A matéria, na estação de rádio mais famosa e ouvida do Brasil, fez arrepiar mais ainda os cabelos da população, curiosa a respeito da casa junto à esquina.

No outro lado da rua, bem em frente a ela, na calçada do Seu Manoel Fundibila, um grupo de adolescentes montou uma barraquinha toda iluminada, para vender fogos de artifício. Ela ficava destacada pela luz de uma lâmpada forte, numa época próxima às Festas Juninas, uma das mais belas do subúrbio do Rio. Tempo, em que os balões não provocavam incêndios e apenas embelezavam as noites cariocas, competindo com o candelabro de estrelas, em plena imensidão. Pequenos e de formas diversas - pião, relógio, fisionomias - e artisticamente elaborados, os balões caíam do ar sempre apagados, não constituindo qualquer perigo para o meio ambiente.

A expectativa das festas juninas, Santo Antônio, São João, São Pedro e até Santana, todas animadíssimas, começava no domingo de Páscoa. Mal terminava a Semana Santa, a rapaziada já pensava nas festas juninas, tão autênticas, realizadas na segunda quinzena de junho, durante as férias escolares.

Hoje, as festas acontecem em julho e até em agosto, deixando o dia mais importante, vinte e quatro de junho, dia de São João, que mais caracterizava os folguedos da época, sem importância alguma. E tudo iniciava no dia de Santo Antônio, santo casamenteiro, treze de junho, começo das férias escolares, quando chegavam as graças das promessas de casamento. São João, vinte e quatro de junho, considerada a noite mais fria do ano, por vezes até que esquentava com as inúmeras fogueiras e o fervor das festividades. E ainda sobrava para o guardião das portas do Céu, São Pedro, ponto final da alegria junina.

Como era linda a festa de São João! Esquentada pelas fogueiras que assavam batata doce de sabor incomparável, pelo menos na lembrança de quem teve o privilégio de ser testemunha. Delícias acompanhadas de mel, regadas por quentão, bebida forte, só utilizada nessa época. Os terreiros adornados com lanternas chinesas, bandeirolas multicoloridas, uma cadeia ao fundo para prender fortuitos e inocentes caipiras. Inúmeras estrelas, competindo com os milhares de balões, formando uma gambiarra pendurada no céu, como se, no infinito, outra fogueira estivesse a iluminá-lo.

Na terra, singelas brincadeiras, corrida de saco, noivos e noivas dançando quadrilhas inocentes, o preso trancafiado na prisão, para sair dali imediatamente para o altar. As promessas supersticiosas à espera de alguém a quem se ama. O nome que surgiria numa pequena folha de papel, aberta num copo com água, na transição da noite para o dia ou que apareceria numa faca enterrada numa folha de bananeira, uma maravilha mística, muito mais real para a felicidade do que a própria felicidade, fabricada, hoje, no ambiente virtual.

Noites frias aquecidas pelas fogueiras, escapando de um busca-pé ou de um diabinho maluco, mais sãos do que a sanidade real. Rostinhos femininos, exibindo bigodes pintados com rolhas queimadas, roupas caipira coloridas, enfeitando as vestes, e a noite embalada por tantas e tantas canções, que começavam a ser esquecidas ou que já o haviam sido, negando oportunidade aos jovens de conhecê-las, mas que se transformaram em saudade dos tempos maravilhosos, que, infelizmente, não voltariam mais.

Algum tempo depois do dia de Santo Antônio, quatro amigos, Tutuca Oliveira, Jorge Sapelho, Dario Coleiro e Fred Fundibila, estavam reunidos em volta da barraca de fogos, numa noite escura, iluminada apenas pela lanterna da barraquinha, bem em frente à casa mal-assombrada. Não era uma noite comum, pelo excesso de escuridão que fazia, pois a lâmpada do poste da Light, que ficava bem em frente ao armazém da Dona Anatália, estranhamente estava queimada. Estava escuro e fazia frio também, com um vento gélido cortando o ar e prognosticando muito mistério e desconfiança. Nem se sabia ao certo pelo que desconfiar. Simplesmente, a noite era bem diferente, estranha.

Algumas fogueiras ainda ardiam pelas redondezas, e a rua começava a ficar deserta e silenciosa. Os quatro amigos, mais silenciosos ainda, se entreolharam temerosos, fixando o olhar em direção à casa mal-assombrada, levantando o sobrolho. Um silêncio profundo perdurou durante algum tempo.

Tutuca Oliveira colocou a mão em concha no ouvido e franziu a testa.

– Porra, vocês estão ouvindo o que eu estou ouvindo?

– Tô, sim – respondeu Dario Coleiro. – Tô, sim – confirmou e arregalou os olhos, para ouvir melhor.

Todos arregalaram igualmente os olhos, como se houvesse algum medo de olhar para outro lugar.

– Que é isso, turma, tão com tanto medo assim?

– Porra, cara, tu não tá ouvindo?

– Tô escutando, sim, e daí? – interpelou Fred Fundibila. – E daí?!

– E daí, tu não tá com medo?

– Tô me cagando de medo.

– Medo de quê, de fantasma?

– De assombração, cara, de fantasma. Essa casa me mete um medo danado – balbuciou Jorge Sapelho, com voz embargada, apontando para a casa do Barão de Taquara, do outro lado da rua, bem em frente da barraquinha iluminada, agora, foscamente.

– Nunca vi fantasma algum em minha vida e nem sei deles fazerem mal a alguém – afirmou Fred, com coragem. – Mas a gente pode ir até lá, pra espantar esses fantasmas de vez, se vocês toparem.

– O quê? Tu tá doido? Eu que não entro lá, nem a pau!

– Por que não vai lá sozinho, Fred? Se está com tanta coragem?

– Ora, vocês estão com muito medo. Vou provar que sou mesmo corajoso.

Muitas vezes o medo paralisa, assim como também pode conduzir à ação. E foi o que aconteceu. A ação faz parte da inteligência emocional, proporcionada por um centro cerebral chamado de amídala cortical, onde funcionam as emoções e o comando neural para enfrentar o perigo ou fugir.

Sem que qualquer um deles soubesse, os quatro amigos se encheram de coragem, influenciados pela aventura. Muniram-se então com alguns morteiros da barraquinha e partiram céleres como heróis, em direção à casa. Tutuca Oliveira encheu tanto a cintura com busca-pés, que parecia até o cinturão de segurança de um personagem de história em quadrinhos.

A cada dois passos que executavam para frente, atravessando a rua, paravam estáticos ou davam outro para trás. Levavam alguns segundos para ganhar coragem e procurar identificar o barulho vindo da casa, vacilavam, mas decidiam continuar. A noite permanecia fria e escura.

A estratégia era invadir pela parte dos fundos, através do terreno de Dona Carmem, uma vizinha, casada com um funcionário da Faculdade Nacional de Medicina. Tinham um casal de filhos, uma menina linda, porém muito alta para os padrões da sociedade – se é que assim podemos dizer – e um garoto que, algumas vezes, participava das aventuras da rua. O terreno mais baixo era ligado ao da casa pela parte lateral, muito mais apropriado para que pudesse ser acessado pelos fundos. A parte da frente da casa mal-assombrada ficava de cara para a esquina, muito exposta e visível, com um varandão em forma de curva.

Os amigos estancaram alguns minutos, entreolhando-se e estudando a melhor estratégia. Aguardaram o momento em que mais ninguém passava na rua, com os moradores dormindo e a barraquinha de fogos fechada e apagada. Sem dificuldade, pularam para dentro do terreno da Dona Carmem e se prepararam para ultrapassar a muralha da casa.

Utilizaram um latão de lixo encostado na parede lateral da casa, usaram-no como escada e, em poucos segundos, os quatro amigos já pisavam o grosso tapete de folhas secas, acumuladas durante muitos anos no terreno comprido e abandonado.

Refizeram-se um pouco e se protegeram atrás do tronco de uma mangueira, todos em coluna, com mais vontade de voltar do que de prosseguir. Lá fora, a rua estava deserta e silenciosa. A expressão facial de cada um transformada em pavor e ansiedade. A coragem esmaecia e quase chegava a zero. Perto da mangueira, mais a frente, havia um quartinho com um tanque ao lado e umas bugigangas espalhadas pelo chão, esquecidas pelo tempo, ao lado do muro alto.

Um atrás do outro, se revezando, os amigos caminhavam lentamente. Dois passos para frente e um para trás, quase sem ruído, apesar da folhagem. Somente o barulho dos pratos e talheres tilintando muito, além do bater de dentes dos corajosos desbravadores.

A cada passo, uma parada; a cada parada, um arrepio; a cada agachamento, uma vontade de voltar, até se petrificarem espantados. Entre o quartinho e a porta dos fundos, através de uma vidraça suja e esfumaçada, conseguiram perceber um vulto estranho, como se envolto por muitos lençóis brancos, passando pela janela. Por vezes, a coragem parecia ser ceifada pelo ar frio e misterioso. Silêncio absoluto.

– O fantasma! O fantasma! – berrou Jorge Sapelho, no meio da escuridão.

Imediatamente, os quatro amigos largaram todo o foguetório, disparam pelo terreno repleto de folhas secas e tentam saltar por cima do muro longo, de volta para a rua. Não conseguiram. Apavorado, encolhido, Dario sacou dois morteiros, riscou os pavios numa caixa de fósforos e atirou corajosamente contra o vulto esbranquiçado. Tutuca Oliveira e Fred soltaram duas cabeças de nego e provocaram um estrondo tremendo na noite escura, agora barulhenta.

Pouco depois, busca-pés e diabinhos malucos riscaram o ar e transformaram a casa mal-assombrada numa casa sem sombra, numa verdadeira cena de guerra. Os foguetes lançados voltaram e caíram justamente em cima das folhas secas, provocando um incêndio rápido e fulminante.

Na tentativa de fuga, atordoados, os garotos deixaram todos os fogos ao chão, tumultuando mais ainda o cenário dantesco. Num instante, busca-pés, morteiros e diabinhos malucos se espalharam, riscando o ar, rodopiando, atravessando o muro alto e atingindo outras casas. O fogaréu passou para as portas e começou a atingir as paredes da casa assombrada.

Rapidamente, os quatro amigos, guiados pelo pavor, voltaram para o lugar de origem e pularam, desajeitadamente, para a casa da vizinha, pelo muro mais baixo, sentindo suas forças aumentarem e dali, se lançaram para a rua, berrando e tentando apagar o fogo que já começava a chamuscar suas roupas. Os gritos de socorro feriram a noite fria e o silencio.

A vizinhança acordou e, rapidamente, todos correram para as acomodações da esquina.

– Puta que o pariu! – gritou Jorge Sapelho. – Que merda nós fizemos! Tacamos fogo na casa do tal Barão.

– Cacete, caras, tamos fodidos, tamos fodidos! – berrou também Dario Coleiro, procurando se limpar, apagando os últimos vestígios da roupa chamuscada.

– Porra, ainda bem que não morremos! Poderíamos virar cinzas lá dentro, parece até milagre! – concluiu Fred Fundibila.

– Nada disso, amigos, enfrentamos o fantasma, e com esse fogo todo, acho que o exorcizamos de vez. Os moradores ainda vão nos agradecer, podem ter certeza – vaticinou Fred, sacudindo a roupa.

O fogo tomava grandes proporções quando a população começava a sair de suas casas em direção ao epicentro que iluminava toda a esquina. Em volta da casa, havia chamas e alguns moradores já tinham tomado providências e chamado o Corpo de Bombeiros dos bairros de Campinho e Méier. Alguns torciam para que a casa pegasse fogo de vez e acabasse com os fantasmas. Seu Licínio, o morador mais velho do lugar, a cada lufada mais alta de fogo, apitava, como se as chamas ondulassem com fundo musical. E o povo acompanhava em uníssono, formando uma orquestra crepuscular.

Os beatos torciam para que o fogo queimasse o fantasma que ali habitava, porque aquilo era obra do Demo, e, para aquele incêndio, deveria ter sido usado algum isqueiro santo. Os quatro amigos mantinham-se encolhidos, perto da barraca de fogos, receosos de serem descobertos como autores. Uma explosão repentina, seguida por um ziguezague de mais busca-pés e morteiros cortaram o ar, assustando a multidão que fugia apavorada, sem conseguir entender a natureza do incêndio e do foguetório que a perseguia aleatoriamente.

Depois, muitos comentaram que os fantasmas permaneceram perseguindo-os pela esquina afora. Durante muito tempo.

Finalmente o Corpo de Bombeiros chegou e foi aplaudido nervosamente. O povo se afastou e as mangueiras começaram a entrar em ação. Os vizinhos, liderados pelo Seu Licínio e seu apito estridente, procuraram auxiliar no que era possível. A esquina das ruas estava repleta de gente, quando as chamas davam sinais que iriam diminuir. Sorte, já que a água ficava escassa a cada instante.

No meio de toda aquela confusão, de toda aquela expectativa, um som maior do que o dos morteiros se fez ouvir, apavorando a todos. São Pedro acabava de enviar uma carga d'água tão forte, como jamais acontecera em muitos anos naquela região. Com a ajuda da chuva violenta, os bombeiros conseguiram, em poucos minutos, debelar definitivamente o incêndio, mas a população permanecia no local, aguardando o resultado final. Mesmo com a chuvarada que encharcava, inclusive, a mente da população.

Inusitadamente, a porta da sala, chamuscada, mas íntegra, que dava para a varanda circular, bem em frente à esquina, começou lentamente a se abrir e com muita dificuldade. Uma figura estranha, tranquila, toda molhada e envolta por muitas camadas de roupas esfarrapadas, saiu pela varanda ondulada, se sacudindo como um cachorro molhado. Alcançou o enorme portão e se dirigiu à calçada do outro lado da rua, em direção ao armazém da Dona Anatália.

A população, estupefata e intrigada, correu de volta para as suas casas e outros formam um corredor humano, não só para que ela passasse, como também por pura curiosidade, observando e analisando aquela figura bizarra. Mais nervosos e medrosos do que propriamente preocupados com o incêndio.

A figura vestia uma roupa comprida, até aos pés, mas com vestígios de que havia muito mais roupa por baixo. Estava toda molhada e um capuz, também molhado, cobria sua cabeça abaixada, sendo impossível perceber o que era. As mãos estavam cobertas por um xale molhado que abraçava a roupa branca.

Apesar de muita gente presente, o medo aumentou com a presença única dela. A figura atravessou o corredor humano e não olhou para ninguém. Calmamente, atravessou a esquina das ruas, encostou-se à parede do armazém e ali ficou, sem se perturbar, sem incomodar ninguém, apenas apreciando os acontecimentos, como se estivesse assistindo algum filme de Walt Disney.

Maria das Sete Saias era uma mulher estranha, doente, talvez. Provavelmente, com algum transtorno mental. Ou algum sofrimento profundo que a conduzira para a miséria. Perambulou pela comunidade, sem que ninguém conseguisse saber da sua idade ou de sua origem. Apenas perambulava sem destino pelas ruas, principalmente por aquelas que formavam a esquina. Nem feia e nem bonita – muitos afirmavam que deveria ter sido bonita quando jovem –, carregava as marcas da vida difícil que vivia.

Metia muito medo às crianças, sempre envolta por muita roupa, como se fosse sua proteção, às vezes escuras, às vezes claras, que lhe davam a aparência de uma bruxa. Andava pelas ruas e não perturbava ninguém, a não ser pelo fato repugnante de que era portadora de morfeia, lepra, e que gostava de morder as crianças, transmitindo a doença, fato que nunca acontecera. Por essa razão era abominada por quase todos os moradores, principalmente pelas crianças. Porém, sempre havia uma alma caridosa para lhe oferecer um prato de comida.

Repudiada, circulava sozinha pelas ruas, sem destino, aparecia e desaparecia normalmente, sem deixar qualquer vestígio. Ninguém também parecia se interessar por ela, já que naquele tempo a hanseníase era vista como uma doença maldita, castigo de Deus. Estranha mesmo, ela jamais pronunciara um som sequer, agradecendo, sempre com a cabeça arriada, quando alguém lhe prestava um favor, embora nunca tenha aceitado esmola em dinheiro.

Sempre com movimentos lentos, por vezes, sorria suavemente, sem mostrar os dentes. Alguns a consideravam uma figura parecida com o Fantasma da Ópera, enquanto a maioria da população a chamava de Maria das Sete Saias, por causa das roupagens misteriosas.

Maria das Sete saias ali ficou demoradamente, sem dizer uma só palavra, durante o tempo que os bombeiros levaram para apagar o fogo e a chuva parar. Permaneceu tranquila, encostada à parede do armazém de Dona Anatália.

Mais tarde, os moradores foram abandonando o local, alguns passando por ela com muito receio e outros, como se ela nem existisse.

A operação rescaldo foi executada quase pela manhã, quando a maioria já havia se recolhido. Os bombeiros estranharam bastante que a casa, apesar do incêndio de proporção média, não tivesse sofrido dano algum em seu interior e que até a mangueira centenária que tinha ficado chamuscada, não tivesse sofrido danos mais sérios, dando sinais de que iria sobreviver.

Terminado o trabalho, um bombeiro procurou Dona Maria das Sete Saias, para lhe fornecer algum auxílio, mas não mais a encontrou, apesar dos seus esforços. Aos poucos, as ruas foram esvaziando mais ainda e alguns bombeiros ficaram para qualquer emergência, até a hora do trabalho. O frio ia lentamente voltando. Os bombeiros fizeram uma inspeção criteriosa e continuaram achando estranho o fato de que a casa nada sofrera em seu interior, além do desaparecimento de D. Maria das Sete Saias. Certificados de que nada mais teriam a fazer e que não havia mais perigo algum, voltaram para os seus quartéis.

No dia seguinte, bem tarde, com a noite escura e as ruas ermas, Maria das Sete Saias voltou. Sem que ninguém percebesse, apareceu tranquila e misteriosa. Foi até a calçada do armazém, onde se refugiara do incêndio, olhou para todos os lados, para todas as ruas, atravessou-as lentamente, chegando à casa do Barão de Taquara.

Passou pelo portão com todo cuidado para não fazer barulho, subiu os poucos degraus até a varanda circular e penetrou na sala, pela porta da frente, com facilidade, como se reconhecesse muito bem a casa onde o barão se encontrava com sua amante.

Durante muito tempo, muito mesmo, a população continuou

a ouvir barulho de pratos, talheres, monólogos assustadores, risadas frenéticas e algumas preces. Mas, barulho de passos sobre folhas secas, só ouviram depois do outono seguinte.

Seis.
Mudança de comportamento

Mudanças de comportamento só acontecem, segundo a psiquiatria, quando algo diferente ocorre na vida do indivíduo. É. Partiu para outra, deixou a peteca cair, se meteu numa braba. Ou procurava uma resposta. Qualquer uma. A vida tem muitas estradas e nem sempre a que escolhemos é a melhor. Às vezes, pegamos o trem errado, mas ele chega à estação certa. Só saberemos depois, quando parece não haver mais saída. Se isso acontecer, tenta-se qualquer outra, que é melhor do que retroceder ou ficar. Sair sempre foi melhor do que ficar.

O mundo é movimento, e quem para normalmente é atropelado, sendo o pior dos tratores a própria vida. Mesmo aquele que julga conhecer todas as respostas se engana. A todo instante, outras perguntas são formuladas. E o indivíduo fica ciente de que não sabe é de nada.

Francisquinho era um cara legal, sangue bom mesmo. Fiel no casamento, bom pai, belo amigo e um exemplo para toda a família. Mesmo quando tinha razão, detestava discutir, até quando podia levar a melhor. Era pródigo em engolir sapos.

O cara só dava bons conselhos, como bom samaritano que era. Falava baixo, quase sempre com a cabeça arriada, sempre muito tranquilo, e nunca olho no olho. Era tão tímido, que só conversava sem olhar para o outro. Jamais se exasperava, mesmo nos momentos mais difíceis. Sóbrio, procurava ajudar as pessoas, velhos ou crianças, até quando não mereciam. O bonzinho de toda a família.

Quem o conhecia, sabia que fora assim desde criança, por vezes até criticado pela bondade excessiva. Era sempre o apaziguador competente em qualquer disputa mais acirrada. Efetivamente, o prêmio Nobel da Paz de Quintino Bocaiúva.

Olhos castanhos, ora brilhantes, ora como dias nebulosos, encarcerados por um rosto arredondado e cabelos ondulados, como uma praia tranquila de Pancetti. Tinha, porém, a testa sempre plicada, como se estivesse constantemente procurando algum problema para resolver. Estatura regular, como a sua vida.

Francisquinho voltou do trabalho num dia chuvoso, completamente molhado, não se importando nem um pouco com a gripe que podia pegar. Estava visivelmente preocupado, diferente, como se alguma coisa estranha estivesse acontecendo com ele. Como se um raio daquela chuvarada tivesse partido a sua cabeça. Mesmo com aquela chuva toda, ele conseguia manter aceso um enorme charuto cubano na boca, mascando-o nervosamente e transferindo-o, a todo instante, de um canto para outro da boca. Charuto que parecia produto paraguaio, tal o fedor que empesteava a varandinha de entrada, onde o homem se sacudia todo, como cachorro muito molhado.

Francisquinho entrou pela porta, cheio de atitudes.

– A partir de hoje, Francisquinho morreu. Quem me chamar assim tá arriscado a levar uma porrada – berrou bem alto, ao entrar pela sala a dentro, molhando todos os móveis. – A partir de hoje, sou Franciscão, o Chicão.

A mulher e os dois filhos ficaram estupefatos. Desde criança, os filhos jamais o viram daquela maneira, cuspindo fogo, e muito menos a esposa, acarinhada e cortejada, desde que o conhecera. A filha, a princípio, amedrontou-se. Enquanto isso, o filho lançava uns olhares de desconfiança, mas, ao mesmo tempo, de admiração. Finalmente.

Mesmo que o pai estivesse em algum estado de embriaguez, era bom vê-lo tomando uma atitude de macho. O rapaz ficou ao lado do pai, ligeiramente preocupado, mas torcendo até para que ele soltasse algum palavrão, um puta que pariu, com muita exclamação, por exemplo, o que nunca presenciara em toda a sua existência.

Não havia cheiro algum de álcool. E mesmo que houvesse, o fedor do charuto barrava. Francisquinho, agora Franciscão, dirigiu-se à cozinha, tirando a roupa molhada e largando-a pela casa. Sentou-se numa cadeira junto à mesa de jantar e ordenou com muita autoridade à esposa que lhe servisse imediatamente a comida. Os filhos foram catando a roupa pela casa e a mulher seguiu rapidamente para o fogão, enquanto o homem dava grotescas baforadas em seu charuto, como uma locomotiva do tempo do império.

Tudo mudou naquela casa depois daquela noite. E sem qualquer explicação natural, pois Francisco nunca bebera, jamais chegara do trabalho irritado com algum problema e, nas redondezas, ninguém ouvira falar de tóxico naquele tempo.

Num instante, de quinta para sexta-feira, tudo mudou. A tranquilidade de Seu Francisquinho virou agressão, o equilíbrio transformou-se em atitudes grosseiras e o vocabulário de estadista deu lugar à conversa vulgar das esquinas, de boteco, dos brabos.

Dom Chicão se transformou no mandão de toda aquela área onde morava, da família e de toda a comunidade, dando ordens, as mais absurdas, para que fossem cumpridas de qualquer maneira, a ferro e a fogo. Autoridade que até apelava para a maldade e perversão.

Lentamente, o homem foi mudando para pior, com o povo sem conseguir entender o que estava acontecendo. Foi quando um sobrinho seu, recentemente formado em medicina e que iria realizar a especialidade em psiquiatria, resolveu utilizá-lo como sua primeira experiência, seu primeiro teste. De imediato, toda a família aprovou o tratamento, com grandes esperanças, preferindo "Seu Francisquinho babaca" ao "Francisco grosseirão".

Sob grande expectativa, o tratamento levou algumas semanas. O paciente, arredio, não cooperava de forma alguma para que se conseguisse chegar a um diagnóstico. Pelo contrário, ele permanecia furioso, talvez ainda mais agressivo e incontrolável. Foram tantas as dificuldades, que, em vez de alta, o sobrinho, recém-formado em Medicina, não teve alternativa, senão processar o paciente por agressão. A família resolveu, então, fazer uma reunião, juntamente com os amigos de Seu Francisquinho, na esperança de que todos, juntos, buscassem uma alternativa.

De início, procuraram o padre da igreja de São Jorge, na Rua Clarimundo de Melo, a matriz, para benzê-lo, mas o padre acabou o excomungando. Outras soluções foram tentadas: cartomantes, rezadeiras, centro espírita, macumba, búzios, tarô. Até que um dos amigos aconselhou consultar um psiquiatra experiente. A ideia, porém, não teve quórum, porque o psiquiatra afirmou que levaria uns cinco anos para curá-lo em definitivo.

– Não vai adiantar – disse a filha, desanimada. – Ninguém vai aguentá-lo assim, esse tempo todo.

Na reunião, parecia que todos, família e amigos, estavam num enterro sem choro, mas com a convicção de que o fato estava consumado.

– De qualquer forma, alguma coisa tem que ser feita – disse um dos amigos. – Seu Francisco nuca foi assim e precisa voltar ao normal. Só não tenho a mínima ideia do que teria que ser feito.

Sempre que a verdade tem dificuldade em resolver os problemas, busca-se o misticismo como solução, o que levou a família a comprar uma cabeça de cera e ir à igreja de Nossa Senhora da Cabeça, no centro da cidade, realizar uma promessa, durante uma procissão. Mas com as velas acesas, a cabeça de cera derreteu e esquentou mais ainda as cabeças dos amigos e da família, que acabaram apavorados com a cena. Seguiram-se sessões espíritas, operações invisíveis, cultos evangélicos e nada, nadinha.

O agora Chicão faria aniversário dentro de poucos dias e, quem sabe, não seria a tão esperada chance para a sua recuperação? Quem sabe? Talvez, numa boa churrascada suburbana, com os amigos e parentes em meio à alegria intensa, durante as narrativas das coisas do passado – o que sempre acontece nesses eventos –, uma regressãozinha que relembrasse o homem da sua origem. Tudo o que fora pensado antes não dera resultado, tudo de triste e melancólico, de sério e profissional não trouxera melhora alguma. A tentativa, então, de uma festa em sua homenagem poderia dar certo.

A ideia fora aprovada de imediato. Parentes e amigos deram tratos à bola e começaram a preparação da festa. Todos cooperavam, e a tristeza pelo estado de Seu Francisco parecia arrefecer. Havia muita esperança, até do sobrinho recém-formado. Os preparativos já iam antecipando a provável normalidade de Seu Francisco.

Chegado o dia, logo o primeiro sábado, uma churrasqueira de tijolos foi montada na parte da frente da casa. Havia um banco enorme, de concreto, em toda a extensão, e algumas mesas com cadeiras dispostas à frente, que logo ficaram lotadas. Muita gente queria participar da festa, todos curiosos para saber se daria resultado, pois, da forma como o homem vinha se comportando, por certo, alguém ainda poderia cobrar sérias providências.

As iguarias ficaram prontas. Uma picanha aqui, uma linguicinha ali, uma cervejinha acolá e, num instante, a festa ganhou vulto e descontração. Todos alegres, principalmente Seu Francisco, envolvido e esquecendo o seu lado violento.

Recordações aqui, recordações ali, acabaram se lembrando do Sargento Padilha, o parente mais violento da família, por quem Seu Francisco tinha até certa consideração, pelo antagonismo, talvez, até do próprio temperamento.

No exército, Sargento Padilha comandava suas tropas com mão de ferro, com absoluta autoridade e rigidez. O famoso sargentão. Não admitia qualquer resistência às suas determinações. Caráter duríssimo, carrancudo, utilizava métodos, por vezes, violentos, acusado muitas vezes até de ferir a lei, que ele mesmo tanto defendia, tendo justificado tudo em nome dela.

Sempre fora rigoroso com o cumprimento de suas ordens, certas ou erradas. Era considerado, naquela época, o mais corajoso e mais rígido militar da região.

No meio da festa, Seu Francisco, trôpego e derrubado pela bebida, compartilhou lembranças do Sargentão e das consultas com o médico recém-formado, sendo estas as grandes atrações. Quando o médico novato alardeou suas terapêuticas que curariam Francisco, não fosse sua resistência anormal, algo de inusitado aconteceu.

Num dado instante, alguém, mais pra lá do que pra cá, parente muito próximo e admirador do Sargentão, passou pela sala que se comunicava com a cozinha. Parou e cambaleou bem em frente a uma estante de madeira, colocada perto da porta. Então encarou-a, franzindo o sobrolho, se amparou nela, respirou um pouco e fitou o retrato carrancudo do Sargentão, pendurado na parede, logo acima do móvel.

– Cadê as cinzas do Sargento? – berrou o cara, embriagado. – Cadê seus restos mortais?

Num instante, as atenções de toda a festa voltaram-se para ele.

– Que cinzas? – perguntou um dos amigos de Seu Francisco, sem entender nada, como todos ou quase todos.

– É isso aí, as cinzas do Sargento estavam num frasco em cima da estante, perto do retrato dele – ponderou o filho de Seu Francisco.

– E daí? – perguntou o amigo.

– Ele gostava tanto do papai, que fez questão de doar a ele suas cinzas, quando foi cremado. Papai as guardava na estante, bem embaixo do retrato.

– Mas o frasco está vazio, o que aconteceu?

A festa se transformou num ambiente policial, detetivesco mesmo, com o mistério começando a rolar.

– Ué – indignou-se o filho, já meio alucinado. – Onde estão as cinzas do Sargento? – Olhou firme para a mãe.

A filha e a mulher de Seu Francisco correram para a sala. Muita gente também, com Seu Francisco já sendo carregado, cambaleante e com cara de poucos amigos. O olhar, quase trocado, também vislumbrava o frasco do vidro vazio em cima da estante. O silêncio tornou o ambiente mais vazio do que o frasco. Ninguém conseguia entender o que estava acontecendo.

– Sempre esteve aqui, desde que o Sargento morreu – respondeu a mulher de Seu Francisco, apontando para o retrato.

– Mas como pode ter sumido daí? É coisa que todo mundo tem medo de pegar, tem até nojo.

Silêncio absoluto. E duradouro.

– Isso era o quê? – indagou, de repente, uma vozinha, vinda da cozinha. O som vinha dos lábios da nova empregada recém-contratada, vida de Mesquita, no Estado do Rio.

– Eram as cinzas de um amigo nosso, Marizete. O Francisco gostava tanto dele, que fez questão de guardá-las junto ao seu retrato, aqui em cima da estante. Por que, Marizete?

– Isso era cinza? Cinza de defunto?

– Era.

– Cinza de defunto, mesmo?

– Sim, Marizete. As cinzas do Sargento, o melhor amigo do Francisco.

A empregada quase caiu dura. Foi preciso que dois convidados a segurassem, também já perplexos, tanto quanto ela. A filha de Seu Francisco correu e abanou a empregada, até que ela voltasse a respirar melhor. Marizete respirou muito, profundamente, encarando aquele monte de olhares em sua direção. Titubeou, tremendo os lábios, encarou os olhos muito assustados dos convidados e parentes. E confessou:

– Eu... Eu... não sabia o que era aquilo, sou nova aqui na casa e... quando preparei o almoço do Seu Francisco, pensei que... que aquilo fosse tempero... aí, ah... tasquei tudo aquilo na comida dele!

Sete.
A hora do porco

Há coisas inusitadas que passam da lembrança para o esquecimento e, se algum acontecimento paralelo não aparecer, elas tendem a desaparecer para sempre, sendo sepultadas no cemitério das sombras do inconsciente, sem inscrição no jazigo da morte. Mas o inconsciente pode ser transportado para o consciente, se algo parecido ocorrer, mesmo que trivial e prosaico.

Seu Benjamim morava na Rua João Barbalho, perto da Escola Quinze, num terreno em declive bem acentuado. No platô superior, construiu a sua casa. E bem abaixo do terreno, um chiqueiro-hotel para porcos-criação, o que adorava, tornando-se o seu passatempo preferido, festejando sempre que abatia um. Era o seu TOC – transtorno obsessivo compulsivo – matar porcos. Não esquecia chaves, não lavava por demais as mãos, nada. O que mais gostava de fazer na vida era matar porcos.

Na realidade, era um exímio abatedor, procurado sempre pelos vizinhos, não somente pela sua experiência no trato com os suínos, como também por possuir um punhal adequado, muito afiado e que guardava a sete chaves.

Dia festivo: aniversário de sua esposa, Dona Gracinda. Logicamente, almoço com carne fresquinha de porco, sem necessidade de comprar no açougue, já que naquele tempo, ainda não havia os grandes mercados.

Lá no alto, onde ficava a residência de Seu Benjamim e Dona Gracinda, parentes e amigos chegavam lentamente, se preparando para o almoço. Vinham bem cedo, pois alvorada em subúrbio começa mesmo é no dia anterior. Iam chegando e se espalhando pelo terreno irregular, ladeira abaixo, admirando as plantas, o galinheiro e até um laguinho com marrecos barulhentos. Os mais jovens e mais corajosos se espalharam em torno do chiqueiro, a fim de assistirem a execução e dissecação do suíno. Breve almoço, fresquinho, de origem segura, sem atravessadores ou intermediários trambiqueiros.

Diante da plateia, numerosa e atenta, Seu Benjamim exibia o punhal miraculoso. O cabo feito de madrepérola, repleto de marcas, o número de porcos abatidos gravado nele. Orgulhoso como Billy The Kid, Benjamin exibia a lâmina reluzente, terrivelmente afiada. Os convidados mantinham-se ansiosos.

Na hora cruciante, sob os olhares atentos e curiosos, dirigiu-se calmamente ao chiqueiro, terreno abaixo. Levantou o braço esquerdo, canhoto que era, executou um ritual esquisito, macabro, como se participasse de uma luta de caratê. Segurou o bicho com a mão direita e desferiu o golpe fatal, enfiando a arma por baixo do pescoço do animal. Cena de drama teatral, com os espectadores exclamando, atônitos, mas com o resultado completamente inusitado.

Acontece que o porco berrou alucinadamente, assustando os convidados e o próprio abatedor, que nunca tinha matado um bicho tão barulhento. O barulho foi tão alto quanto os sinos da Igreja de São Jorge, no dia vinte e três de abril, Com o susto, como se estivesse no Teatro Municipal, assistindo aos momentos derradeiros da Dama das Camélias, se descuidou! Acabou largando o punhal e soltando o animal.

Foi um Deus nos acuda. O porco estrebuchou, estrebuchou, sacudiu-se todo, como um cachorro que acabava de tomar banho, respingando sangue em quem estava por perto. Apavorados e tremendamente amedrontados, os convidados correram para qualquer lugar. Deslocaram-se para cima do terreno, para baixo do terreno, para frente, para trás, para onde os olhos miravam. Até foram parar dentro do chiqueiro, tropeçando uns nos outros, inclusive o Seu Benjamim.

O porco conseguiu se desvincular e correu terreno acima. Driblou e ziguezagueou, derrubando vários convidados curiosos. A mulherada, na parte de cima do terreno, correu para a cozinha, e o porco correndo alucinado, sem direção certa, com o punhal espetado no pescoço. Sangrando.

Apesar da imensa força do animal ferido, um grupo de convidados corajosos se atirou sobre ele e conseguiu contê-lo, até aguardar a chegada, sem triunfo, do Seu Benjamim, que subia trôpego o terreno, cambaleando e se amparando no galinheiro, mas pronto para execução final.

Foram necessárias várias punhaladas para acabar com o porco e ter certeza de que ele não mais fugiria. Na hora de marcar o cabo do punhal, Seu Benjamim tremia mais do que os convidados e o tracinho mais parecia o desenho da calçada da praia de Copacabana.

Oito.
A hora do pato

Tutuca Oliveira queria ser médico. Sonhava em estudar medicina, procurava absorver inteiramente tudo que era referente à carreira. Atropelamentos, vizinhos passando mal, garotos mordidos por cachorro; briga de mulher; bebedeira ou mordida de mosquito. Em tudo estava presente, desejando aprender, tirar proveito para um aprendizado legal.

Já estava craque em mordida de cachorro, bebedeira, hematoma por porrada e em curativos, mesmo antes do aparecimento do Bandaid. Chegava a antecipar certos diagnósticos e fazia belíssimos prognósticos, auferindo ser um promissor profissional da saúde.

Zé Maiato, pelo contrário, era especialista em matar cabritos. Animal de carne doce, com gosto muito parecido com o da galinha, o que o tornava nobre para aquela época, principalmente para os fins de semana e dias de festa. Esse não deixava de ser um ritual e um costume suburbano.

Tutuca Oliveira tomou conhecimento que Zé Maiato estaria na casa de Fred Fundibila, filho do Seu Manoel Fundibila, para abater mais um cabrito. Era mais uma oportunidade para acrescentar conhecimentos à área da medicina, principalmente porque o animal seria dissecado e a pele separada com uma faquinha. Era como se fosse um bisturi, talvez número 20, faca apelidada de "bisturão", manejada com extrema maestria. A dissecação seria iniciada pela cabeça, descendo pelo pescoço, tórax, abdômen e patas. O aproveitamento da pele significava um troféu e até poderia render algum dinheiro.

Tudo preparado para que o futuro médico adquirisse mais um aprendizado de medicina. O local exato da execução do cabrito seria o mesmo corredor onde ocorrera o almoço do "não casamento" de Dona Marlene Labareda, na Rua Olina. O corredor, bem largo, possuía um muro de concreto que dividia a casa com a do vizinho, Seu João.

O muro foi construído pelo Seu Manoel Fundibila, que trabalhou nas empresas Genésio Gouveia e Cavalcanti Junqueira, como mestre de obras. Apesar de português, era torcedor fanático do Fluminense, por ter trabalhado numa reforma no estádio das Laranjeiras durante a obra, com os jogadores.

O forte muro de concreto servia perfeitamente para as pretensões de Seu Zé Maiato, que compareceu na hora combinada, com o "bisturão" embainhado, preso à cintura. Seu Manoel e Dona Maria estavam sempre presentes para qualquer eventualidade e ainda contavam com a ajuda de Fred Fundibila e Tutuca Oliveira, como assistentes. Tutuca Oliveira tinha caderno e lápis na mão, para anotações devidas.

Houve alguns momentos de expectativa, mas Zé Maiato permanecia tranquilo, seguro de si. Seu Manoel, nervoso, preferia nem testemunhar, e Dona Maria já estava na cozinha, para os últimos preparativos.

Tutuca Oliveira observava todos os movimentos de Zé Maiato, deitando o cabrito, amarrando as patas dianteiras e traseiras, apenas estranhando o fato de que em nenhum momento testara o seu bisturão, preso ainda em sua cintura.

Zé Maiato se concentrou. Mordeu os lábios firmemente e olhou para todos, inclusive para o futuro médico, Tutuca Oliveira. Pegou o cabrito pelas patas traseiras, balançou o corpo do bicho para um lado e para o outro, algumas vezes e, de repente, sem que ninguém esperasse, segurando pelas patas traseiras, deu uma tremenda porrada com a cabeça do bicho na parede de concreto. A porrada saiu com tanta força, que esfacelou o crânio do bicho, provocando morte imediata.

Tutuca Oliveira foi tomado de surpresa. Espanto. Entrou em pânico de imediato. Perplexidade, agonia, medo, o olhar vidrado no inferno, sem força e coragem para qualquer anotação. Jamais imaginou aquele procedimento. Não conseguia se mexer, nem para fugir. Apenas olhou para Zé Maiato, sorrindo triunfante. Mas a inércia deu lugar à atitude, o transe deu lugar à ação. As pernas trêmulas se mexeram e dispararam pelo corredor afora, largando lápis e caderno para trás.

Tutuca Oliveira esqueceu completamente a aula de anatomia e medicina geral. Os imperativos do mundo transferiram-no para outros caminhos, como, de um modo geral, acontece com a maioria dos homens. Normalmente, não são os sonhos que determinam o destino das pessoas, mas sim, as circunstâncias da vida. Ele, então, seguiu outra trajetória, tornando-se presidente de algumas empresas importantes no Rio de Janeiro. Lançou alguns nomes que se tornaram famosos na vida artística e nunca mais quis ver um bisturi funcionar.

Algumas semanas depois, Fred Fundibila, filho de Seu Manoel Fundibila, resolveu realizar uma viagem até São Pedro da Serra, interior de Nova Friburgo, onde o tempo parecia não passar. Lá, visitou um bairro com o nome de Benfica, com cerca de quatrocentos habitantes, descendentes de alemães, todos com o mesmo sobrenome: Overney. Lindos! Uma rede de televisão até realizou algumas reportagens no local, pela curiosidade do fato, por todos serem parentes e terem o mesmo sobrenome. Fred aproveitou, então, para conhecer o bar "Toatoa", no meio da mata, bem no início da floresta, e parou para tomar uma cerveja. De um lado do bar, uma horta maneira e, do outro lado, uma pequena e linda queda d'agua, como uma cachoeira, o que tornava o lugar bem acolhedor.

Sentado à mesa próxima, um cara sozinho saboreava também uma cerveja. Não olhava para o relógio, porque ninguém usa relógio na roça, quando pode se orientar por outros sinais. Além disso, o tempo não precisa passar. O cara parecia estar esperando alguém, sempre tentando alcançar com o olhar algum lugar longe dali.

A garçonete, gorda e simpática, deixou sobre a mesa duas Brahmas, indicando o atraso de alguém. Atraso de duas Brahmas. O homem permanecia calmo, sentado, indiferente, como se não se importasse muito de estar esperando.

Passado algum ou muito tempo, uma moto barulhenta apareceu por uma trilha da floresta e parou em frente ao dono das duas cervejas. O piloto estacionou a moto perto e se dirigiu sorridente para o homem com as duas bebidas, que, imediatamente, viraram três.

– Tô atrasado, amigo, tô atrasado, desculpa – disse o cara sentando-se à mesa.

– Toma um copo? – disse o cara sem relógio, segurando o gargalo da terceira cerveja, sem se importar com o atrasado.

– E o pato, Overney, já está pronto?

– Que nada, cara, que nada, houve um acidente.

– Acidente? Com você? Tua família?

– Calma, não, não.

– Você tá bem?

– Tô bem. Tudo bem, o problema foi com o pato.

– O pato? O pato que a gente iria almoçar? – perguntou o cara sem relógio, se ajeitando melhor na cadeira.

Overney fez que sim com a cabeça, entornando a cerveja no copo. Ajeitou-se também na cadeira, de frente para o bar.

– O pato está doente?

– Não, nada disso. Aqui na Serra, bicho não fica doente, nem tem mosquito para atrapalhar o almoço.

– Sei disso. Afinal, o que aconteceu com o pato? Ainda vai ter almoço?

– Imagina, cara! – disse o homem atrasado. – Peguei a faca da patroa, coloquei o pato entre os joelhos (Cara da Serra não coloca nada entre as pernas), torci o pescoço dele e executei o corte tradicional para sangrá-lo.

– Tudo certo, né? – Apoiou o amigo, aguardando o "aí...".

– E aí, como de costume, deixei o pato sangrando e fui até a cozinha preparar o restante. Bebi uma dose de cana, daquela Seleta, que você gosta também, e voltei para o quintal, para escaldar e depenar o bicho. Quando cheguei lá, o pato tinha desaparecido.

– Desaparecido?

– É, desaparecido. O pato sumiu.

– O pato sumiu? Não acredito, cara – disse o amigo, intrigado.

– Como assim? Algum bicho da floresta o comeu? Carregou? Ele devia estar todo ensanguentado e atraiu algum animal.

– Foi o que pensei.

– E aí?

– Aí, rodei todo o lugar. Procurei rastro de sangue pelo quintal, fui para um lado, para outro, tava muito difícil! Até que lembrei! Pato gosta muito de água! Então resolvi ir até o rio, aquele ali nos fundos da minha casa, bem rasinho.

Enquanto os dois amigos conversavam, o garçom sorridente, sem um incisivo central na boca, colocou a saideira na mesa.

– Afinal, conseguiu encontrar o pato?

– Pois é, cara – disse o amigo, ajeitando-se novamente na mesa. – Tava lá do outro lado do rio, junto à cachoeirinha.

– Morto?

– Que nada, cara. Tava meio barro, meio tijolo, todo ruim, mas tava vivo.

O amigo ficou triste e bebeu o último copo de cerveja.

– Merecia sobreviver, né?

– É verdade, cara, também fiquei triste. Ele conseguiu atravessar o rio nadando, mas não tinha mais jeito, tive que terminar o serviço.

– É a vida.
– É. É sim.
– E o nosso almoço?
– Tudo certo, foi por isso que atrasei.
– Deu pra cozinhar o pato?
– Até que deu.
– Vamos levar mais umas Brahmas?
– Pode deixar, tenho lá em casa. Tá na geladeira. Vamos?
– Vamos, cara, tá na hora do pato.

Nove.
A mulher gato

Naquele tempo, gato não estava na moda. Só cachorro, principalmente vira-lata. No subúrbio, não tinha essa de Cocker Spaniel, Labrador, Dálmata ou mesmo Basset, aquele cachorro curto e grosso, parecido com uma linguiça. Também não havia cachorros com origem inglesa ou espanhola ou mesmo o nervosinho alemão. Não se via Poodle, mesmo sendo a segunda raça mais inteligente e mais chata do mundo.

Mas havia uma mulher que colecionava gatos. Sei lá, Maine Coon, Ragdoll, Siamês, Persa, e até gato vira-lata também. Hoje, a moda mesmo é ter gatos ou então o famigerado Poodle, que as madames usam para infernizar os vizinhos, com os latidos esganiçados e fazendo cocô nas calçadas alheias.

No subúrbio, não havia família que não tivesse um cachorro, principalmente por causa dos famosos ladrões de galinha. O frango era uma iguaria especial para os almoços dominicais, único dia em que se tomava cerveja ou refrigerante, especialmente soda ou guaraná. E, por haver tanto cachorro, era comum o cruzamento entre machos e fêmeas, em plena rua. Os mais sérios e ultrapassados moradores acabavam com a festa antibíblica na base da porrada, com cabos de vassoura ou então, com uma boa ducha de água fria.

Hoje, os cachorros evoluíram, saíram das ruas do subúrbio e foram para os apartamentos da zona sul. As madames os devolveram para a rua, para sujar as calçadas. Quando voltam para os apartamentos, dormem o dia inteiro deitados num sofá confortável, cagam e mijam em qualquer lugar, contrariando sempre os seus donos.

Os donos afirmam que seus bichos aprenderam o lugar certo para as defecações e que conhecem bem o território. Mas, vejam só, eles vivem fazendo merda em todo o lugar e continuam incomodando os vizinhos, com latidos estridentes e infernizáveis, tendo em seus donos aqueles que tudo justificam. Mas, há os cachorreiros que tudo respeitam e que tratam seus animais com carinho, até devoção, e que, quando os perdem – pois seu ciclo vital é bem inferior ao do homem –, vivem seus dramas particulares. Sentem mais a falta deles do que de muito parente íntimo.

Tinha um garoto, quase rapaz, que não gostava de gatos, e o prazer dele era exterminá-los, de qualquer forma. De uma só vez, afogou uma meia dúzia de filhotes e, sempre que avistava um, botava o seu feroz cachorro para correr atrás. Até o dia em que viu o seu cachorro amedrontado por um gato, que parou de repente, encarou o cachorro e arranhou todo o seu focinho. De tão arrepiado que ficou o gato, parecendo um porco espinho, o cachorro deu marcha à ré e desapareceu.

J. S. tinha certos prazeres, gostava de maltratar gatos e de fazer balões, enormes. Os grandes balões eram o contrário da principal diversão daquela época, a construção de balões pequenos, que não ofereciam perigo à comunidade. Diversão e até obra de arte, principalmente no mês de junho, quando as festas eram magníficas nas ruas e nos quintais, com fogueiras e fogos de artifícios, sem perigo algum para a comunidade. Inúmeros balões, colorindo o céu, batata doce assando nas fogueiras, na terra.

Associado ao prazer de construir grandes balões, J. S. adorava pendurar os bichanos em suas bocas, com o sebo e a parafina pingando em cima deles, sendo o destino de onde cairiam desconhecido. Em certa ocasião, chegou a pendurar três gatos de uma só vez, num grande balão. Em um paraquedas acoplado, acompanhou todo o percurso aéreo, até um bairro próximo, onde os moradores tiveram o prazer de assistir uma chuva de gatos.

Justamente nessa época, em que gato não era moda, uma certa mulher, até que bonita, loura, olhos azuis, com pinta de americana, mais fina que uma borboleta, apareceu numa das ruas da esquina. Começou a erguer uma casa com dois andares e um gatil, que passou a ser a atração do lugar, deixando Seu Ronaldo, o pedreiro construtor da casa, de cabelo em pé. O pedreiro, não sabendo as quantas andava, pois jamais havia construído um gatil e nem sabia o que era, perguntou a toda redondeza, sem obter resposta alguma. Ninguém jamais havia ouvido esse termo, nem mesmo sua esposa, D. Elvira.

– Sou um pedreiro com experiência, só que, até agora, não sei o que estou construindo. Nunca ouvi falar desse tal de gatil, mas, tudo bem! Ela paga corretamente e eu vou em frente – dizia Seu Ronaldo.

Dona Elvira, mais calma, consolava o marido:

– Calma, Ronaldo, vai fazendo o que ela manda. Depois, ela te explica o que é o gatil.

E para a futura vizinha, Seu Ronaldo dizia:

– Dona Luci, fique tranquila, seu gatil ficará pronto na data marcada e vou procurar economizar o máximo, fique tranquila.

Dona Luci, a loura com cara de americana que construía a casa com dois andares, nada comum naquela época, contratara Seu Ronaldo para a obra, por seus méritos como construtor da região, mesmo que uma construção com nome de gatil fosse inédita para ele.

Um dia, não aguentando de curiosidade, o pedreiro consultou um rapaz local, muito culto, que poderia lhe explicar, afinal de contas, que diabos ele estava construindo.

– Pô, Seu Fred Fundibila, não me leve a mal, mas eu tenho que lhe perguntar uma coisa muito estranha: eu faço obra tem mais de trinta anos, mas aquela mulher loura me contratou para construir uma coisa que não sei o que é. Estou com medo de fazer errado. O senhor, por acaso, sabe o que é gatil? – perguntou, preocupado, o pedreiro ao rapaz.

– Seu Ronaldo, não é esse o seu nome? É muito fácil – disse o rapaz. – O senhor sabe o que é canil?

– Sei sim, Seu Fundibila. Canil não é casa para cachorros?

– Isso mesmo, Seu Ronaldo. Como canil é casa pra cachorros, gatil é casa pra gatos. Tá explicado. – Fred Fundibila sorriu.

Seu Ronaldo também sorriu e coçou a cabeça, como se tivesse realizado uma grande descoberta. Agradeceu a Fred e voltou para o seu trabalho.

A mulher supervisionava a casa quase todos os dias e quando percebeu que Seu Ronaldo havia finalmente percebido o que estava construindo, começou a lhe dar ordens mais específicas.

– Neste compartimento, ficarão as fêmeas; neste outro, ficarão os machos; naquele outro, as fêmeas histerectomizadas ficarão.

Ronaldo obedecia a tudo, com interesse invulgar. A oportunidade de, pela primeira vez, construir um enorme gatil, coisa que nenhum construtor havia realizado antes no local, era imperdível. Começava a ficar orgulhoso de sua obra e a notícia, então, começou a se espalhar pelas ruas que formavam a esquina. A grande novidade: um enorme gatil. E o responsável pela obra passou a desfilar orgulhoso pela esquina. O seu currículo, agora, ficaria completo.

Certo dia, Seu Ronaldo resolveu perguntar a Dona Luci quantos gatos deveriam vir morar no gatil que estava construindo, se seriam seis ou sete, e disse a ela que a obra estaria pronta dentro de seis ou sete semanas.

– Seis ou sete gatos? Que seis ou sete nada, Seu Ronaldo! Vou me mudar pra cá com trinta e dois gatos. E mais alguns animais de estimação. Quero vê-los bem instalados.

– Tudo certo, Dona Luci, tudo certo. Pode deixar que vou acabar tudo direitinho, fique tranquila. O que a senhora disse, trinta e dois gatos? Trinta e dois?

A notícia se espalhou imediatamente pela redondeza. A mulher já passeava pelas ruas com uma camisa rosa e uma inscrição no peito, que começou a preocupar os moradores. Tudo que ela vestia informava: "I am a cat".

O próprio Seu Ronaldo começou a espalhar que trinta e dois gatos iriam chegar ao lugar. Alguns moradores ouviam e espalhavam a notícia para outros, já preocupados com o futuro fedor de merda que iria ocorrer brevemente, um dos odores mais nojentos que se podia sentir. A casa virou atração e todos passaram a repudiar o local onde ficariam os gatos, principalmente o garoto J. S.

Gatil passou então a ser a palavra mais pronunciada pelas bandas, e quem não conhecia a palavra, mas passara a conhecer, já se considerava uma pessoa mais do que culta.

– E a miação? E o berro que eles dão quando tão trepando? A cachorrada toda vai latir! Vai ser o diabo! O cheiro do cocô deles é insuportável! Pior que peido em elevador. Quantos gatos mesmo? Quantos?

– É ali, naquele palacete, vai morar uma porrada de gatos, é ali.

– O pior vai ser o cheiro de merda, cara, de um montão de gatos. E merda de gato é pior que peido de velha, cara.

– Sei lá, rapaz, pode ser que gato de madame tenha pinico apropriado.

O fato é que os comentários foram se espalhando por toda a região. A casa virou palacete. Seu Ronaldo, o pedreiro, encantado. Estava tão orgulhoso do que construía, que até colocou três dentes que faltavam na frente da boca. Um de ouro.

Os vizinhos formalizavam os mais variados palpites, até mesmo um cara baixinho, com o apelido de cueca, ou de rodapé. Desfilava com uma namorada duas vezes mais alta do que ele, e começava a aparecer em frente ao gatil, com dois cachorros enormes, como se estivesse disposto a uma boa porrada canina, futuramente.

A notícia ia se espalhando e aumentando gradativamente. A construção da casa estava prestes a terminar e um desfile de curiosos pra lá e pra cá, acontecia todos os dias. Cada um ia passando a notícia para outros, dando a própria versão.

Certa manhã de segunda feira, o padre da paróquia de São Jorge também apareceu por lá, procurando onde morava Seu Fred Fundibila. Estava curioso, como toda a população. Ele queria ver a casa e saber a respeito dos gatos, já que até na Igreja de São Jorge não se falava em outra coisa, senão na Mulher Gato. Bateu à sua porta e esperou que abrisse. Imediatamente, Fred reconheceu o padre e sorriu.

– Pode entrar, padre.

– Bom dia, rapaz. Vim apenas lhe fazer uma pergunta.

– Apenas isso? Estou a sua inteira disposição.

O padre nem quis entrar. Observou detalhadamente Fred Fundibila, hesitou alguns instantes, mas resolveu perguntar:

– É verdade que vem morar, aqui nas imediações, uma mulher amiga sua, trazendo cento e trinta e dois gatos?

Dez.
A zona

Há zonas eleitorais que são verdadeiras zonas. Quintino era assim. Pertencia à décima e parecia com a política das Alagoas, com tanta confusão durante o pleito eleitoral. Era incrível como um bairro muito simples, subúrbio da central, conseguia, naquela época, eleger cinco parlamentares, enquanto outros bairros mais famosos e movimentados da Zona Norte, como Méier e Tijuca, por vezes, não conseguiam eleger nenhum.

Quintino foi um bairro que involuiu, como muitos da Zona Norte, sem nem mesmo ter marcado passo. Regrediu, como acontece, infelizmente, com alguns países que já foram importantes, como Grécia e Egito. Civilizações que eram consideradas as mais evoluídas, berços dos grandes filósofos e da suprema sabedoria de Sócrates, Platão etc.

Fenômeno, que além de países, atinge também cidades e bairros que já foram famosos. São Cristóvão já fora o melhor bairro do Rio de Janeiro, na época imperial, e a Barra da Tijuca era um verdadeiro pântano, esquecido pela população. Hoje, as coisas se inverteram. Um involuiu e outro evoluiu.

Quintino não fugiu à regra da involução. O nome do bairro é uma homenagem ao grande abolicionista Quintino Bocaiúva, por sua grandeza de ter redigido o termo do tratado da Abolição da Escravatura, assinado pela Princesa Isabel. Fora morador do bairro e, hoje, sua casa se encontra inteiramente abandonada e destruída pelo tempo, por inteiro descuido das autoridades competentes. Infelizmente.

Durante as eleições, não havia crime, mas muita sacanagem e, muitas vezes, porrada mesmo, da grossa, por um tempo curto ou duradouro. Havia a colocação de cartazes de propaganda, de fotos dos candidatos, afixação de faixas, galhardetes, os postes e as árvores emporcalhados de asneiras. Verdadeiras bobagens, o que tornava o subúrbio mais indigno ainda. Uma vergonha.

Gama Filho e família, Campos de Moraes, Jorge Leite e Albano Reis e o Papai Noel de Quintino dominaram por muito tempo a política do bairro, sendo os dois últimos inimigos ferozes. Ódio bilateral e indigesto, tanto de um lado como do outro, e, por incrível que possa parecer, foram eleitos, logo na primeira vez, como deputados estaduais.

Albano, o Baninho, era um menino humilde, esguio, muito claro, que para se aproximar dos mais populares do bairro, bancava o massagista do Atlético F. C.

O clube fora fundado por quatro amigos, Fred Fundibila, Tutuca Oliveira, Dario Coleiro e Jorge Sapelho, time esse que revelou atletas para o Guarani, Ponte Preta de São Paulo, Atlético Mineiro, C. São Cristóvão, Fluminense e outros.

Além disso, levantou muitos títulos no futebol de várzea. Um dos seus atletas, Dario Coleiro, mesmo sem entender do esporte bretão, treinou algumas vezes no Botafogo, marcando corretamente o fenômeno Garrincha. Dario desistiu do futebol, apesar de ter sido, talvez, o melhor jogador atuante, fora do profissionalismo.

Jorge Leite apareceu na vida política antes de Albano Reis, tendo começado a sua carreira como motorista de caminhão. Depois de uma reunião com apenas seis pessoas e com a presença de um dentista e um técnico de enfermagem, num modesto quarto na Rua Vinte e Um de Abril, em Quintino, Albano partiu para um projeto audacioso de reabilitação infantil. A iniciativa se espalhou por todo o estado e o Papai Noel de Quintino ganhou fama, sendo eleito sempre que era candidato.

Jorge Leite era presidente do Grêmio Esporte Clube, presidência mais tarde assumida por Fred Fundibila. Tratava-se de uma associação de grande repercussão. Na época, muito bem frequentada. Baninho, ainda moleque, desafeto do político Jorge Leite, soltou uma bomba cabeça de nego dentro do salão de festas, em pleno baile com um conjunto musical.

O acontecimento assustou os associados e provocou uma correria desenfreada, com os dançarinos procurando se esconder por todos os cantos do clube, dentro e fora do salão, não tendo, entretanto, provocado algum ferimento, felizmente. A partir desse dia, os dois políticos se tornaram inimigos ferozes.

O deputado Jorge Leite conseguiu o asfaltamento de algumas ruas em Quintino e numa delas, houve um acontecimento interessante, precisamente na Rua Olina, uma das ruas que fazem parte da esquina. Os moradores organizaram uma contribuição geral para uma festa em homenagem ao político, com chope, salgadinhos, tortas, bandinhas de música e tudo mais.

Apesar de a maioria vibrar com o acontecimento e procurar contribuir, um morador se negou a contribuir com a caixinha. Era um sujeito antipático, desses que furavam a bola dos meninos da rua, que reclamava de tudo, justamente o famoso "Abião sem Asas", o apelido que os garotos o impuseram.

No dia tão esperado das comemorações, Jorge Leite e a bandinha se posicionaram em frente ao armazém da Dona Anatália, junto à esquina. Quando o cortejo deu a partida, com algum atraso, o deputado saiu à frente da bandinha e dos inúmeros moradores, em marcha lenta.

Foi marchando ao som da música um dobrado militar. Todos jubilosos e altaneiros e assim que chegaram em frente à residência do Seu José, o Abião sem Asas, o cortejo parou de andar, e a bandinha parou de tocar, em sinal de luto.

Simplesmente parou de tocar, como que para puni-lo, por não ter contribuído para a festa. Silêncio absoluto, como homenagem fúnebre a quem se negou a cooperar. Depois, todos continuaram marchando, como num cortejo mortuário. Entretanto, assim que passou da residência do algoz, a banda voltou a funcionar. E com mais animação, para a felicidade de todos. Coisas do subúrbio daquela época.

Albano Reis era um moleque esguio e esperto. Trabalhava com um tio, como auxiliar de ourives, num pequeno quarto da Travessa Guerra, uma das ruas da esquina. Uma rua apelidada de travessa. Albano herdou, depois da morte de um parente, uma insignificante indústria e a transformou num verdadeiro império, assim como os centros de reabilitação fundados por ele e espalhados por todo o Rio de Janeiro.

Chegou a ser candidato à prefeitura do Rio, bem como Jorge Leite, em ocasiões diferentes. Só que não estavam preparados para eleições majoritárias, onde teriam que se expor mais, o que causou um grande desgaste aos dois.

O sucesso do Albano foi tão repentino, apesar da sua aparente ingenuidade, que o compararam ao personagem do filme "Muito Além do Jardim", em face das suas conquistas sucessivas e significantes. Era muito querido pela população, sempre saudado por todo lugar que passava. Depois, então, que construiu um bondinho e o dirigiu, levando as crianças de Quintino para passear, sua popularidade aumentou significantemente.

Representava e se fantasiava de "O Bom Velhinho", dando presentes à gurizada e até os escondendo, para tornar a festa mais interessante, fazendo com que os encontrassem escondidos nos mais diversos esconderijos, pelas ruas do bairro. Já Jorge Leite era mais politizado. Iniciou a carreira política na esquerda e até visitou alguns países socialistas, como a Rússia e outros mais, em um período muito perigoso da nação brasileira.

Ambos, porém, se tornaram inimigos políticos, cada um a seu modo, inflando a cada momento uma guerra, com seus exércitos de asseclas e seguidores. Travaram uma batalha truculenta. Quando o grupo de um fixava seu nome nos muros da estrada de ferro, o grupo rival, à noite, às escondidas, pichava com tinta por cima. Um cartaz colado na parede, logo depois, era coberto pelo político contrário. Faixas eram removidas e usadas como pano de chão.

Os antigos santinhos viravam diabos, os diretórios eram agredidos mutuamente e quando os dois grupos se encontravam por acaso, realizando propaganda, um pau violento sempre arrebentava.

Os comícios realizados no coreto da Praça de Quintino eram sempre valorizados. Através dos discursos dos candidatos, ecoavam todas as fofocas, e o povo ficava ciente dos acontecimentos. A briguinha política não deixava de ser uma atração.

O bondinho, com que Albano Reis carregava as crianças todos os domingos e feriados, dormia diariamente na Praça de Quintino, junto ao coreto. Até pela noite, realizavam propaganda, apesar de as noites suburbanas serem desertas e sem atração alguma.

Numa dessas noites, partidários do Jorge Leite conseguiram danificar o bondinho, o amassando e enchendo seu motor com terra. Uma lástima. O bondinho ficou sem funcionamento durante muito tempo, para tristeza da criançada. Os adoradores do Papai Noel de Quintino foram sabedores.

Até que, numa manhã ensolarada, ótima para o passeio habitual, Albano Reis se deparou com danos e ultrajes provocados, acirrando assim a sua fúria e o desejo de vingança. Surtou indignado e se preparou para o desafio. Estava disposto a tudo.

Pela manhã, a pracinha de Quintino estava repleta de gente, principalmente crianças, lamentando o que havia acontecido com o bondinho. A garotada bradava revolta e gritava incessante, até a chegada do candidato. Ele aproveitou a oportunidade para meter o pau no rival e receber os aplausos dos populares, com a promessa de restaurar o bondinho o mais rápido possível e se vingar de Jorge Leite.

Formalizou, então, um duelo. Papai Noel contra o Diablo Máster.

E, assim se preparou. Poucos dias depois, pela manhã, apareceu na praça com um carrinho de compras de supermercado e colocou dentro duas enormes latas de tinta. De posse de uma enorme vassoura, presa a um também imenso cabo (naquele tempo não havia ainda rolo para pintura), saiu pelas ruas, pichando todas as propagandas do Jorge Leite.

Estava sozinho, resoluto, com cara de poucos amigos, vestia uma calça jeans bem surrada, blusão xadrez, chapéu de vaqueiro e um cinturão grosso, trazendo pendurado na cintura um tremendo trezoitão.

Percorreu de Quintino Bocaiúva até Madureira, resoluto, disposto a tudo. Com direito de ida e volta, apagando todos os cartazes do inimigo com a tinta, mesmo com todo aquele sacrifício.

Voltou à pracinha de Quintino cansado, mas sorridente. Foi quando uma eleitora, assistindo àquela cena do candidato Albano Reis, carrinho e vassoura nas mãos, junto às propagandas do candidato rival e todo aquele sacrifício, lamentou:

- É... política é uma sujeira, mesmo. Veja só que vergonha! O próprio Albano Reis, fazendo propaganda do Jorge Leite. Tudo falsidade. São todos sacripantas!

Onze.
Almoço no subúrbio

Martinha fazia aniversário. Nem nova, nem velha. Por incrível que pareça, o almoço foi organizado sem organização. A comemoração aconteceria num bar do Méier, próximo de Quintino. Os convidados, também, nem novos, nem velhos. Meia idade, ou mesmo, meia sola, sei lá.

Seu Alfredo, coroa convicto, mas que nunca permitia que seu cabelo ficasse branco, recém-operado do olho superior, convalescia na casa de uma ex-cunhada. Ela e sua irmã, também coroas, recebiam Martinha e sua filha adolescente, Júlia Helena, para o almoço.

A comemoração deveria contar também com D. Irene, mais uma coroa, irmã das outras duas irmãs. De repente, não se sabe por que, porque não se sabe o porquê de muitas coisas, o almoço desencontrado acabou se realizando no apartamento das duas irmãs, na Tijuca.

Mesa pronta, toalha com rendinhas brancas. Comida farta, salada tricolor, tomate, alface e cebola, o branco do pepino de sobra, bem como o verde das azeitonas. Taças de cristal tcheco, vinho de sobra e o amaldiçoado refrigerante, que a OMS condena à prisão perpétua. Televisão ligada e telespectadores desligados, felizmente.

Algumas cópias de pintores famosos, Van Gogh, Renoir, Matisse, espalhavam-se pelas paredes da sala de jantar pintadas na cor creme, com mais ênfase dada a Renoir, o crack das gordinhas. Além de fotos da família, havia em cima da cômoda, situada perpendicularmente à mesa das iguarias, uma caixa com forma de paralelepípedo. Talvez, um pouco menor, preta, com pinta de objeto muito antigo. Jazia quieta, sem importância alguma. Parecia uma máquina fotográfica, bem antiga mesmo, convenientemente de acordo com o ambiente do almoço, mesmo que parecesse sem uso.

Apetites satisfeitos, enquanto a sobremesa consagrava o almoço, o olhar da tia Lúcia desviou-se da taça de vinho, em direção à cômoda onde estava a caixa preta antiga. Foi, então, que teve a ideia de retirar da gaveta um álbum com fotografias, também antigas, da família. Túnel do tempo. Álbum diluviano.

– Olha essa aqui – bradou a irmã Dulce. Não a religiosa, a irmã Dulce mesmo. – Nós morávamos em cima do morro. Que novidade!

– O que? Não me lembro. É lógico. Deixa eu ver, deixa. – E empurrou a irmã, como se aquilo fosse novidade.

– E essa aqui, vejam! – gritou a terceira irmã. – Foi lá em Sepetiba, veja o maiô da Lúcia, não dá nem pra ver as pernas finas dela. E o cabelo da Irene? Como era crespo, parecia até que a gente tinha grana pra ondular, no salão de beleza. E a Dulce? Só usava vestido rodado, parecia até baiana da Portela! Olha só esse chapéu, que coisa ridícula, tá parecendo até bolsa de feira na hora da xepa.

Num segundo, estavam todos apenas num lado da mesa, grudados e animados com as fotos. Virando rápido as páginas, tal a ansiedade de rever as coisas do passado. E nada melhor do que foto, currículo do que já passou. Depois da memória, lógico.

Martinha, a aniversariante, ria e se deliciava com as fotos da família. Seu Alfredo e D. Irene, reconhecendo que já estavam mais pra lá do que pra cá, bem como as outras duas irmãs, também riam pra valer. Eles raciocinavam que, se estavam naquela idade, é porque viveriam muito e muito mais. Esperança que não espera e saúde elas tinham para o restante, que bem poderia ser tão longo quanto. Toc-toc na madeira.

Seu Alfredo, no meio de toda aquela mulherada, compartilhava bastante alegria, resguardando-se das emoções mais fortes, por causa do olho operado que, mesmo assim, lhe permitia enxergar perfeitamente. Mas, quem mais se divertia era a filha da aniversariante, Júlia Helena, única adolescente no almoço, descobrindo muita coisa inusitada e ridícula para a sua época. Ria tanto com as fotos antigas, que chegou a derrubar a farofa em cima da avó.

A cada página virada, um passado que se tornava presente. Momentos repletos de alegria e de saudade, contrariando filósofos famosos que pregam o esquecimento total do passado, em detrimento da nostalgia, mesmo como referência de vida. Malditos filósofos que execram o passado. Pior do que sentir saudade é não ter do que senti-la.

Combinações, sapatos bicolores, vestidos abaixo dos tornozelos, melindrosas, fita nos cabelos, corpetes superapertados. Tudo aquilo Júlia curtia adoidada, até que, numa foto mais recente, num show da Elizete Cardoso ainda moça, toda a mesa começou a cantar uma de suas músicas, Gente Humilde. Canção lembrada por todos e também cantada pela adolescente - e com bastante entusiasmo -, recordando da melodia e até de toda a letra.

E, enquanto as páginas iam sendo viradas, agora lentamente, a cantoria tomou conta da sala, sendo observada pelos pintores, também antigos. Cantaram Lupicinio, Ary Barroso, Silvio Caldas, Lúcio Alves, Doris Monteiro e tantos outros grandes cantores e compositores da velha guarda.

Também não faltaram os sucessos das marchinhas de Carnaval, quando perceberam, numa das fotos, as irmãs com fantasias simples, mas perpetuando uma época feliz. Amélia, Alalaô, Jardineira, e outros sambas, como Risque, Negue. Músicas cantadas por todas as vozes presentes, mesmo pela jovem Júlia Helena.

Tia Lúcia, professora por profissão e promoter por vocação, interrompeu brevemente a cantoria para homenagear a aniversariante com lindíssimas lembranças baseadas na sua nova profissão de enfermeira. Todos aplaudiram homenageadora e homenageada. Quando Seu Alfredo percebeu que a neta cantava todas aquelas músicas antigas e conhecia todas as composições, resolveu, cordialmente, interpelá-la.

– Filha, você gosta de fotografia?

– Sim, vô, adoro, adoro – respondeu a neta.

– Tira muitas fotos? – continuou Seu Alfredo.

– É lógico, vô, tiro sim – disse a neta, interrompendo um sambinha gravado há setenta anos.

– Tem máquina?

– Não, vô, hoje a gente tira foto com celular.

– Tô sabendo, filha, tô sabendo. Legal né?

– Muito legal, vô, um barato!

– É mesmo, Júlia, é mesmo – continuou Seu Alfredo, indeciso, temendo indagar o que, na realidade, desejava saber.

– As fotos, Júlia, essas que você tem tirado, onde estão?

Júlia o olhou sorrindo, sempre, tão bonita que era.

– Estão no celular, vô, depois eu mando revelar.

– Que bom.

A cantoria continuava animada e até mesmo seresta fez parte da festa, com Júlia cantando todas as músicas. Seu Alfredo interrompeu novamente, com todo o cuidado para não melindrar a neta que tanto adorava.

– Júlia, cante agora uma música de dois ou três anos atrás.

– Dois ou três anos atrás?

– É.

Júlia Helena fitou o avô durante alguns segundos, pensou e pensou muito e, afinal, respondeu.

– Não lembro, vô.

– Filha, qualquer música atual ou de um ano atrás.

Júlia parou de acompanhar a avó e as irmãs na cantoria, para pensar mais um pouco. Pensou, pensou um pouco mais e dirigiu o olhar sorridente para a mesa, sem deixar de responder ao avô.

– Filha, música de dois anos atrás, de um ano atrás.

– Não sei, não, vô querido. Não, mesmo.

Doze.
Uma viagem a Friburgo

Feriadão. Melhor que todos. Nem foi preciso enforcar. Se caísse no intervalo da semana, seria preciso enforcar e isso dá sentimento de culpa. Sábado, levantei cedo, cinco e trinta. Madrugada para quem não trabalha, sei disso. Tomei café feito por mim, um sanduíche de queijo, e parti célere para Friburgo. Fui.

Naveguei com rodas sobre um oceano de asfalto. Se fosse carona, fecharia os olhos em Sambaetiba. Horrível. Mas só existe o feio, porque existe o belo. Curvas me levaram para a Serra. O céu. Paraíso. O mar é um só. Liso. Só liso. Passado a ferro, como as praias de Pancetti.

No caminho, companhia. Maysa e Mantovani. Cuca com lembranças de amores passados e amigos presentes socorre-me na solidão autógena. O paraíso se aproxima. Chego à Avenida Alberto Braune. Faço uma prorrogação com um café reparador. Observo o resto da avenida. Espinha dorsal de Friburgo. Descoberta suíça a cavalo.

Caminho um pouco. Mais um pouco. Eu entro e saio numa loja. Faço careta para os bancos. Afinal de contas, é feriadão. Não cumprimento ninguém, quero estar só. Também, ninguém me conhece.

Passo duas vezes por um bar. Atração chinesa. Na terceira, paro. Olho ao redor e observo as mesas e as cadeiras. São amarelas. Amarelo, cor da vida. Perguntem a Van Gogh.

Resolvo sentar. O traseiro se acomoda e a mente se agita. A amarelinha me parece um trono. Estou na Serra. No céu. Sinto-me um Deus. Em cima. A Brahma é meu manjar. Faz-me viajar. Para longe. No passado. No começo. Erros.

Nem me importo com eles. Cacos. Não dá para corrigir. Talvez tenham a ver com o que sou. Mais do que os acertos, que não me fizeram refletir. O futuro será consequência razoavelmente reparável. Não importa. Assim será.

Resta o presente. O dia mais importante. Sempre foi assim. Analiso as pessoas que passam. O copo também fica amarelo. O manjar. Eu o beijo a todo instante. Ao lado, um jardim florindo o paraíso. Tinha que ser. Na calçada, passa um cara esportivo. Tênis, meia estilo tirolês e mochila barriguda. Está feliz e deve acampar no Pico Caledônia. Às vezes, não volta mais e manda o emprego pras picas. Passa empinado um casal de riquinhos. Rigorosamente fardados. Engomados. Cabelos disciplinados. Tanto quanto os passos. O preço dos óculos denuncia. Poderia jurar algumas virgens pelo andar e pelos cachorrinhos na cordinha. Nada de cão sentado. Cornos a granel, bem como apressados.

Estudo as lojas. Boa! "Opção" me desperta atenção. Mas "A Favor do Contra" barra! Caminhões descarregam mercadoria. Só eu não descarrego nada, não sei o que descarregar, a não ser letras. Intelectual frustrado, escrevendo besteira. Pensamentos bobos. Desfile de mulheres com quem eu passaria o fim de semana em São Pedro da Serra.

Classifico traseiros. De bobeira. Retangulares, quadrados, murchos, avantajados, triangulares. Nas mais velhas, isósceles com base superior. A maioria convexa, bastante, e até uma ligeiramente côncava. Umas quadradas. Se bem que Aristóteles considerava o quadrado a mais bela das formas. Tô fora.

Mãe horrorosa passa esculachando o filho. Cara, um absurdo. Em casa, deve ser uma tragédia. Quando crescer, pra se vingar, a mata ou então vira veado.

E o anão? Faz-me pensar que o mundo é muito pequeno.

Um casal na mesa em frente. Pareciam casados. Convencionais. Ele chope e ela água. Olhavam só para o nada e não um para o outro. Calados. Sempre. Devem constituir uma firma. Empresa. Pagam a mesma conta de luz, telefone, água. Álcool e água nunca combinaram.

Ching ling, ching ling, o som do "Atração" estava chato. Música chinesa é como drible de Garrincha. Tudo igual.

Minha cerveja continuava imponente. Colarinho branco, mas honesto. A vida continuava passando. Um coroa calvo. Mãos protegendo a netinha de cabelos cor de chope, esvoaçantes, emoldurando o rostinho lindo, como em "A Espigadeira", de Renoir. No avô, a planície que se foi. Nela, o mundo que chega colorido.

Passa um cara todo empinado para a frente. Torre de Pizza. Ei, agora um outro empinado para trás. Medo de ser enrabado? Vou reparar se tem algum certinho. Um casal de mãos dadas. Outro de corpos separados. Realidade. A hora passa. Depois das onze, surpresa: bando de mulher bonita na rua. Acordam tarde. Mulher feia é que precisa acordar cedo.

Levanto-me e pago a conta. O manjar. Volto a ser ninguém. Direto para a realidade. Carros passam velozes. Casais continuam passando. O passado passou. Eu o vi. Incrível.

Os filósofos criticam o passado. Bolas para os filósofos! Mas o passado tem saudade, essa que é a mais bela palavra. Gosto dela. Linda palavra. O futuro se identifica com a perfeição. Mas está muito longe. Não o vejo. Não o alcanço, nem a perfeição. Pelo menos, tento. Será que a melhor maneira de viver o presente é trazer o passado e o futuro para o presente?

Treze.
Viver a vida dos outros

Há vidas sem vida. Parece incoerente, mas não é. Há mesmo. Jandira, tão convencional, casou-se com um cara mais conservador ainda. E, se não fosse a bunda achatada do marido, diria que os dois formavam um lindo casal de bundões.

Ela, sempre com aquela toalhinha veranico numa das mãos e na outra, a famigerada garrafinha d'água, lambida em gotas e que não matava a sede de ninguém, nem trazia benefício. Água em abundância também fazia mal, fazia o rim trabalhar em demasia.

Nunca houve cientista que comprovasse a necessidade do organismo de tanta água, três litros diários, como é receitado ou apregoado por muitos médicos. É óbvio que a água é o melhor alimento para o homem, juntamente com o oxigênio. Mas, nem tanto assim, já que grande parte da água é ingerida nos alimentos consumidos, aproximadamente um litro e meio, principalmente através de frutas.

A descrição detalhada do marido seria: uma pochete ridícula e gorda. Carregava tantos documentos, que poderia ter até a certidão de nascimento do avô presa à cintura. O acessório caído, como um saco por fora das calças e as bolas balançando nas coxas magrelas.

Longe da densidade da vida, pouca vida em muito tempo, Jandira tinha necessidade de viver a vida dos outros, assistia a todas as novelas de televisão, programas de auditório, lia todos os jornais, inclusive de outros estados, até saber tudo o que se passava com os outros. Diariamente. Nada mudava, era só trabalhar, comer e dormir, como fazem todos os outros seres. Era até bela e, não fosse o terrível medo que tinha da vida, poderia experimentar grandes emoções, se bem que isso é privilégio de quem não as teme.

Sem ser nada, sabia de tudo. Quem a conhecesse poderia julgar que se tratava da mulher mais culta do universo, tal o acúmulo de conhecimentos que adquirira. O pior dos dias, segunda feira, o lixo do calendário semanal, era para ela o melhor. Despertador das amigas, sempre telefonava para saber das novidades do fim de semana. Sempre dos outros. Nunca dela. Antes mesmo do horário do trabalho.

– Não se case, não, Lia. A vida de casado é um saco, uma droga. Quer saber, eu até gosto do Carlos, mas, pô, é só trabalhar, comer e dormir. Sempre tudo igual. Pelo que sei, toda mulher procura um marido ou, bem, um marido-emprego, ora, você já encontrou um.

– Você também não é casada, Jandira.

– Sou casada, sim, Lia, mas não é isso que me traz felicidade.

– Não? Então, o que é?

– Afinal, Lia, você saiu com o Amarildo no fim de semana ou não?

– Saí, sim, Jandira, saí – confirmou Lia, percebendo onde a amiga queria chegar. Fomos a um motel em Tribobó.

– Tribobó?

– É, Tribobó, sim – respondeu à amiga, com ironia.

– Tribobó? Que nome esquisito. E o nome do motel.

– Por que quer saber, Jandira? O nome não importa.

– Eu gostaria de saber, Lia. Quem sabe se um dia...

As duas fizeram um longo intervalo.

– Afinal, Lia, vocês dois transaram? Tiveram relações sexuais?

– Transar? Relações sexuais?

Lia franziu a testa. Suspirou profundamente, balançando a cabeça, como se estivesse importunada. Então fez que não, balançando a cabeça.

– Não transamos, não, Jandira. Quer saber? Nós trepamos. O que você acha que a gente vai fazer em motel? Dormir? Nós trepamos pra valer.

Seguiu-se mais um pouco de silêncio.

– Não vou há muito tempo a um motel, Lia. Eu sempre durmo.

Lia fez um muxoxo, plissando novamente a testa, como se não estivesse entendendo ou mesmo, não querendo entender.

- Jandira, você já foi mesmo a um motel?

- Até que fui, faz tempo.

- E dormiu?

- Dormi.

- Dormiu antes ou depois?

- Antes ou depois de quê, Lia?

Lia bateu com o telefone. Gostava de contar para a amiga suas aventuras e as sacanagens que costumava fazer nos fins de semana. Era como se a narrativa renovasse seu prazer, mantivesse o seu tesão, deixando a amiga se deliciando virtualmente. Às vezes, dava a impressão até de que narrava uma novela radiofônica.

No dia seguinte, Jandira voltou a telefonar:

- A ligação foi cortada, Lia.

- Foi não, Jandira, eu mesma desliguei - afirmou a amiga, ajeitando o cabelo em frente ao espelho, o telefone no ouvido, preparando-se para o trabalho.

- Desligou?

- Desliguei, sim, Jandira.

- Bem, não importa - respondeu ela, após um breve silêncio - tô querendo saber tudo o que aconteceu lá, onde é mesmo? Tribobó?

A manhã vinha chegando, nebulosa e fria, calma, tranquila, como dois miligramas de Lorax.

- Quer saber mesmo, Jandira? Escuta, nós trepamos e trepamos muito e de tudo quanto foi jeito. De cócoras, fizemos sessenta e nove e setenta, setenta e um... O motel era maravilhoso! O quarto em que ficamos tinha até teto removível, e o céu tava todo estrelado, igualzinho ao de Lumiar. Foi o maior romance, garota, uma loucura. Parecia até que fazíamos parte daquela constelação. Nunca gozei tanto em minha vida. Um barato! Que emoção, que beleza! Foi uma noite inesquecível, incrivelmente linda. Ei... Ei... Jandira... Ei... Ei... Jandira! Jandira! Vixe... Parece que ela dormiu.

Catorze.
Pintacuda e o mendigo

Morar no Méier era aspiração de quase todo suburbano, assim como todo morador daquele bairro aspirava morar na Tijuca, e os tijucanos queriam viver na Zona Sul. Na Barra, naquela época, nem se ouvia falar, a não ser sobre seus motéis, que iniciavam suas rotas sexuais.

A Barra da Tijuca de antigamente era um bairro sinistro, sombrio, verdadeiro pântano. Local próprio para as grandes e traiçoeiras aventuras de casais insatisfeitos com as suas tradicionais vidas amorosas, procurando um subterfúgio, um alento para novas emoções.

Quando houve a inauguração do Cinema Imperator, na Rua Dias da Cruz, no Méier, o maior da América Latina naquela ocasião, o acontecimento fez do bairro um lugar de privilégio e progresso. Hoje, a localidade conta com novos cinemas, excelentes hospitais, grandes laboratórios e uma vida noturna apreciável. Há botecos e restaurantes lotados, além do título de bairro campeão carioca de "podrão" e, oficialmente, é de lá o melhor cachorro-quente do Rio. O Méier, atualmente, é atração até para os subsuburbanos, oriundo de outros bairros mais simples, que, nos fins de semana, se dirigem para lá.

Pedro Jorge era um deles. E tanto atormentou seus pais, para que se mudassem para o Méier, que, um dia, ele e os irmãos mudaram-se para a Magalhães Couto, rua perpendicular e bem perto da Dias da Cruz, a mais famosa do bairro. O sonho estava realizado. Não que Quintino fosse um lugar abominável, mas o Méier era o Méier, capital do subúrbio. A mudança significava um passo à frente no destino e no status.

O apartamento fora decorado devidamente, e a amizade com o porteiro logo estimulada. Tudo mudou para o novo bairro: móveis, televisores de 20 polegadas, envolvidos por um móvel de madeira com duas portas, rádio vitrola, a famosa Frigidaire;

o quadro, reproduzindo a "Última Ceia", da Vinci; o pinguim da geladeira, tudo. Todas essas coisas, menos Pintacuda, o vira-lata criado pela família e proibido pelo condomínio do prédio onde foram morar.

Entre o Méier e Pintacuda, obviamente Pedro Jorge optou pelo novo endereço, tão eufórico que estava com a mudança. Foi grande o problema para a vizinhança, pois ninguém considerou correto o que fizeram com o cão, querido pelas redondezas. O caminhão de mudança chegara na segunda-feira pela manhã, bem cedo. E, enquanto os móveis iam sendo transportados para o caminhão, o único que não demonstrava euforia era Pintacuda, não entendendo nada de toda aquela bagunça.

A casa esvaziada, funcionários conduziam móveis pesados, esbarrando propositadamente no animal. Idas e vindas. Por vezes, o cãozinho balançava o rabo, como se todo aquele movimento fosse por alguma festa, como muitas que Pedro Jorge organizava. E até que gostava, mas aquilo era estranho, o instinto animal percebia.

Na frente da enorme casa, havia uma escada com muitos degraus. Pintacuda se posicionou no primeiro, junto à calçada da rua, e ali ficou durante muito tempo. Estava triste, agachado, com o focinho entre as patas dianteiras, apreciando todo aquele movimento.

Através do instinto, foi percebendo aos poucos que ninguém mais lhe fazia agrado e isto podia ser algum sinal de despedida. Alguns até o chutavam quando ele interrompia a passagem até o caminhão de mudança, e Pintacuda subia e descia alguns degraus, liberando a passagem dos operários. Sentia-se completamente desorientado e foi até o portão, com o olhar triste, fixo no caminhão, as patas dianteiras protegendo a cabeça. Ficou aguardando, deitado, o que talvez fosse a despedida, o ponto final.

O dono e a família nem olhavam mais para ele, quanto mais lhe faziam festa. Realmente tratava-se de uma despedida sem adeus. O instinto continuava a lhe avisar que, mais cedo ou mais tarde, ficaria sozinho, porque ninguém comprava cachorro no subúrbio. Vizinhos com uma ninhada de sobra ofereciam um filhote ou, em última instância, deixavam-no na rua.

Com a mudança, o caminhão e a família sumiram por uma curva da rua, e Pintacuda permaneceu no portão, focinho escondido pelas patas e os olhos como se não acreditassem. Ficou do lado de fora do portão, o olhar triste, durante o dia, a noite e a madrugada. Parecia esperar por algum milagre, por seu dono que viria lhe buscar.

Ficou então sozinho, protegendo a residência e, mesmo com a chuva fina que começou a cair, permaneceu. Não houve indícios, por parte do dono, de qualquer expectativa de retorno, festinha de despedida, tão pouco um olhar de até breve ou qualquer esperança de uma porta aberta. Nem um leve olhar para trás, um sorriso alentador, ao dobrar a esquina do destino ou um afago, depois de tantos anos de convivência.

Durante muitos dias, Pintacuda esperou sentado, sempre no mesmo lugar, à frente do portão, que seus donos voltassem, principalmente Pedro Jorge, sua referência na família.

Começou então a se alimentar das latas de lixo dos vizinhos e mesmo assim, só nos dias em que os lixeiros faziam o recolhimento, às vezes, recebendo pontapés. Passou a viver encolhido e com o rabo entre as pernas, cabeça baixa e passos lentos.

Alguns moradores, penalizados, ainda colocavam sobras de comida, que ele, por vezes, recusava, mas a fome mostrava que não havia alternativa. Aos poucos, foi definhando, muito magro, solitário, dando voltas pelas redondezas. Depois, retornava logo e ali ficava, à frente do portão da casa onde sempre morou desde filhote. Continuava em sua única morada, deitado, com as patas sobre o focinho, guardando a residência, aguardando os donos.

Em uma noite quente de verão, a tempestade assolou a Zona Norte com raios terríveis, rasgando o céu, e o barulho dos trovões assustou Pintacuda. Não há cães que resistam às tempestades com raios. As ruas nas imediações começavam a ficar alagadas e enlameadas.

A tempestade piorava e mais raios fulminantes riscavam o ar, quando um trovão arrepiante crispou por perto e Pintacuda se apavorou. Sobrepujou o seu instinto de defesa e abandonou definitivamente o posto de espera, já completamente encharcado. Saiu em disparada pelas ruas do bairro, mudando sempre de direção, à medida que outros clarões iluminavam novos caminhos. Durante muito tempo, correu assim, como um cão louco, sem orientação alguma.

Então um dia, muito cansado, parou num lugar em que não chovia. Sentiu certo conforto e sacudiu o corpo todo molhado, respingando água para os lados. Outro trovão o fez tremer mais ainda e o clarão iluminou o local onde estava.

– Porra, cachorro maluco, está me molhando todo! – berrou o mendigo ao seu lado, encolhido e parcialmente coberto com umas folhas de papelão, embaixo da marquise do boteco.

Pintacuda virou-se em direção à voz e percebeu alguém deitado confortavelmente sob um monte de jornais e papelão. Baixou o focinho timidamente e farejou a calçada molhada. Aguardou alguns instantes, já mais atento, como se esperasse alguma ordem para cair fora. Mas, o mendigo apenas virou-se para o lado e continuou dormindo tranquilo naquele abrigo improvisado, enquanto a chuvarada permanecia.

Uma rajada mais fria assustou novamente o cão e o fez aproximar-se do mendigo deitado sob os jornais. Ao sentir o calor do outro corpo, deitou-se ao seu lado e se encolheu, protegendo-se do frio. Com a troca de calor entre os corpos, os dois se aqueceram e dormiram despreocupados, embalados pelo tilintar da chuva tamborilando na marquise.

O despertador da porta do boteco se abriu e acordou os dois dorminhocos.

– Ué, cachorro maluco, o que está fazendo aqui? – despertou o mendigo, livrando-se dos jornais.

Pintacuda levantou-se rápido e esperou ser novamente enxotado. Ainda fazia frio, mas o dia amanhecera lindo, com o sol já aparecendo por trás do Morro da Caixa D'água, no sentido vertical da rua. Aos poucos, o animal foi se aproximando novamente do indigente com trajes bem esfarrapados.

O homem, descobrindo-se das folhas de jornal e papelão, dobrou-as com certa delicadeza e as guardou às escondidas, por cima de um muro que fazia ângulo com a cobertura do bar. No canto da parede com o muro, apanhou uma garrafa de vidro, contendo água e bebericou um pouco, oferecendo a Pintacuda, que recusou, após ter saciada a sede com água corrente, junto ao meio fio.

Depois, lavou o rosto com a água da garrafa. Espreguiçou-se demoradamente e atravessou a rua, em direção a um posto de gasolina meio abandonado, sendo seguido pelo cão. O mendigo revirou uma lixeira ao lado de um poste e retirou dela um pedaço de pizza envolta por papel alumínio. Pintacuda o observava.

– Hoje é calabresa, cachorro maluco, quer um tasco? – Pintacuda permaneceu imóvel. Só olhava.

– Não quer, não? Hoje, tem linguiça, toma – insistiu o mendigo. Pintacuda pegou e engoliu tudo de uma vez só

– Cachorro maluco, que fome!

O mendigo deu todo o resto para o vira-lata, que largou um pedaço no chão para o mendigo que o observava.

– É tudo teu, cachorro maluco, pode comer.

Por várias vezes, Pintacuda olhou para o pedaço de pizza e para o mendigo e arrastou uma das patas no chão.

– O que você tá querendo dizer, é que é pra mim esse pedaço?

Pela primeira vez, desde que foi abandonado, Pintacuda abanou o rabo. Depois, se encostou na calça rasgada do mendigo.

– Bem, cachorro maluco, se você não quer...

Em seguida, o novo amigo de Pintacuda iniciou sua peregrinação diária em torno do bairro, levando seus poucos pertences numa sacola de pano. Pendurou-a num cabo de vassoura, apoiado no ombro direito, sacola que ninguém nunca o vira abrir. Apesar de que, de um modo geral, ninguém iria se interessar por mendigos, quanto mais sobre o que carregam ou por que vivem em tais condições. O julgamento da sociedade os vincula somente à negação do trabalho e à malandragem, por não terem ponto de trabalho ou compromissos sociais.

O mendigo continuou a caminhada durante algum tempo, sem olhar pra trás, distanciando-se do vira-lata. Enquanto isso, Pintacuda o observava, sempre abanando o rabo. Quando quase o perdeu de vista, correu desabalado em sua direção, parecendo um cavalo marchador em esplêndida corrida numa manhã de sol.

– Você de novo, cachorro maluco? – disse o mendigo sorrindo, deixando aparecer os dentes bem claros entre a barba volumosa e engordurada pela falta de banho.

Começaram a caminhar pelas ruas de Quintino, até passarem por uma linda residência, toda rosa, com um imenso jardim florido na frente e dois jasmineiros nas laterais do terreno. Havia também uma alameda com azaleias de várias cores e, na frente, um enorme portão de ferro com desenhos e arabescos, enfeitando a mansão da rua Clarimundo de Melo, toda lamacenta.

O mendigo bateu algumas vezes com a argola de ferro da porta onde estava pendurada, como em código. Esperou pacientemente alguns minutos, sem repetir a batida. De repente, uma senhora com cabelos esbranquiçados, alta, bem simpática e bonita, com o vestido comprido até a altura das sandálias apareceu pela alameda das azaleias. Calmamente caminhou até o portão e cumprimentou o mendigo, que sorriu em retorno, agora acompanhado por Pintacuda o rabo em movimento.

– Bom dia – cumprimentou a senhora. – Ué, você arranjou um companheiro? – disse, olhando para o cão.

O mendigo fez que sim e entrou pelo portão, enquanto Pintacuda ficou do lado de fora, comportando-se como sentinela. Vez por outra dava uma espiada para dentro da casa, para não perder o mendigo de vista, e parava de se agitar quando o avistava pelo meio do jardim, varrendo e colhendo as folhas esparramadas pelo chão. Quase duas horas depois, com as alamedas limpas, a senhora apareceu com um farto lanche, inclusive com ração para animais, e abriu o enorme portão para Pintacuda entrar. Ele agradeceu abanando o rabo, mas teve receio de fazer festa à senhora, permanecendo do lado de fora.

O mendigo era adorado por quase toda a população do bairro, o que minimizava seu sofrimento. Havia algum mistério em torno dele. Alguns desconfiavam que guardasse certo segredo insondável. Fato comprovado por algumas tentativas frustradas com as quais, circunstancialmente, se depararam os vizinhos. Sua educação no contato com as pessoas demonstrava alguma cultura, principalmente quando indagado. Pode-se dizer que se denunciou citando Shopenhauer e Platão, numa ocasião em que, por entre as alamedas do jardim da senhora, um vizinho o interpelou.

Pelas redondezas, comentava-se que fora um grande arquiteto, pois aparecia constantemente na pracinha de Quintino, desenhando projetos mirabolantes. Ficava lá horas e horas, rabiscando a terra, rascunhando prédios gigantescos, pontes maravilhosas, até quase o dia escurecer. Afirmavam que fora vítima de um grande acidente e que tudo abandonara quando sua família fora dizimada num incêndio, pelo qual ele mesmo se considerou culpado.

Ao chegar do trabalho às pressas, foi avisado. Veio do centro da cidade correndo, quando se deparou com aquela cena horrível. O incêndio fora instantâneo. Tudo pegara fogo numa rapidez incrível, sem que ele ou os bombeiros pudessem fazer alguma coisa.

Quando isso aconteceu, ficou paralisado por horas a fio. O olhar fixo no monte de matéria queimada pelo fogo. Vítimas da tragédia, a mulher e os filhos se abraçaram como se não tivessem chances de sobrevivência, agarrados para morrerem juntos. Mesmo com aquele terrível calor, o importunando não disse uma só palavra, não derramou uma só lágrima, apenas ruminou remorso com uma culpa que o perseguiu definitivamente.

Dali em diante, abandonou tudo. Deixou emprego, parentes, amigos, tudo quanto fosse material, e passou a caminhar pelas ruas do bairro. Vivia apenas pela troca de alguns favores e só parava para dormir em baixo daquela marquise de bar, na Rua da República, ou então na Praça de Quintino, toda de terra, onde desenhava seus projetos magistrais.

No fim da tarde, apagava tudo com os pés, aqueles desenhos maravilhosos. Retornava no outro dia para desenhar novos projetos. Quando ele se deparou com a casa quase toda em cinzas, dizem que arriscou a vida para salvar a família, penetrando pelos escombros, mesmo ainda fumegantes. Conseguiu chegar até onde era seu escritório, encontrou um livro, seu predileto, aquele que sempre consultava, após caminhadas cansativas pelas ruas do bairro. Diziam que ele carregaria aquele livro até o fim da vida.

Pessoas tentavam desvendar sua vida, mas o mistério permanecia, sabendo-se apenas do incêndio de sua casa que vitimara sua família. Culpava-se por ser arquiteto e não ter se prevenido quanto à instalação elétrica de seu próprio lar. Entendia que aquela era uma responsabilidade sua. Os peritos apenas desconfiaram de problemas na fiação como causa, mas não chegaram a uma conclusão definitiva.

Longe do passado, a vida atual, nas ruas, não era fácil. Dormia no coreto sempre que a noite chegava, ou em baixo da marquise do bar, acompanhado pelos pardais e sabiás que embalavam as tardes com seu canto. Agora, tinha Pintacuda para acompanhá-lo. E muitos dos moradores de Quintino permaneciam intrigados com o conhecimento dele sobre os dois grandes filósofos alemães.

Os dias iam passando normalmente, e o mendigo trocava o

trabalho de limpeza e jardinagem por comida, principalmente pelo café da manhã. Gradativamente, as dificuldades que passava o tornavam mais resistente às doenças. Por mais frias que fossem as noites, ele sempre dormia em algum lugar apropriado, principalmente agora, com a amizade do cãozinho. Os comentários aumentavam tanto, que a fantasia chegou ao ponto de considerá-lo um profissional da área de saúde.

Tudo começou quando uma moradora, irresponsável, simulou um infarto à sua frente, para observar as providências imediatas que ele tomaria. Arrependeu-se, quando concluiu que o mendigo tremia tanto, que seria impossível tentar salvar alguém daquela maneira. A vizinha, muito criticada por outros moradores, alegava que aquela fora uma tentativa de fazê-lo retornar ao seu passado, o que todos nas imediações desejavam.

– O que há, cachorro maluco? Estamos perto de onde nos encontramos. Vamos caminhar por aí?

O mendigo iniciou nova caminhada, partindo da pracinha e penetrando pela Rua da República, em direção à Clarimundo de Melo. Num momento inesperado, estranhamente, Pintacuda se interpôs entre as suas pernas, como se não tivesse aprovado alguma coisa.

– O que há, meu amigo? Caminhou esse tempo todo comigo e agora tá desistindo?

Os dois permaneceram junto ao meio-fio, enveredando pela rua até dobrarem uma esquina sinuosa. De repente, Pintacuda parou de vez. Sentou-se firme na calçada e baixou a cabeça, como se não desejasse arredar pé de onde estava. Apesar de amigos recentes, o mendigo estranhou a atitude do animal.

Estava tudo correto, ele mesmo já se achava mais feliz com sua presença, não havia razão para o cachorro empacar. Sem que o mendigo percebesse, o cão tinha avistado Pedro Jorge caminhando perto da casa onde moravam. Ele voltara para pegar correspondência e buscar algo esquecido. Talvez, buscar por si mesmo.

No mesmo instante em que Pedro Jorge se aproximava do portão de sua casa, ao lado da garagem, um homem carrancudo, de cabelos compridos, saltou rápido de um Dodge preto com uma faca na mão e correu para assaltá-lo. A vítima, assustada, voltou-se para o assaltante e o encarou firmemente. Iniciaram, então, uma violenta luta corporal. Enquanto isso, Pintacuda chegava até eles, reconhecendo Pedro Jorge e começando a latir incessantemente.

O mendigo, apanhado de surpresa, ficou assistindo a contenda, espantado com o que via. O assaltante era bem mais forte que Pedro Jorge e os dois começavam uma luta desesperadora. Arrastavam-se pelo chão e se levantavam a todo instante. Já sem forças, Pedro Jorge caiu definitivamente, desajeitado sobre a calçada, junto ao portão, parecendo completamente fraco para resistir.

O assaltante, desvairado, alçou a faca e se preparava para atingir o peito de Pedro Jorge quando, inopinadamente, Pintacuda, numa rapidez incrível, saltou sobre o assaltante para proteger o antigo dono, e foi atingido numa das patas traseiras. O ferimento, intenso, começou a sangrar muito. Mesmo ferido e sangrando, o cão conseguiu afastar o assaltante.

O motorista do Dodge preto, observando tudo, abriu a porta do carro e gritou pelo comparsa, que conseguiu se desvencilhar de Pintacuda e fugiu quase se arrastando, junto com o carro.

A vítima então correu, removeu da roupa um pedaço de pano e fez dele um torniquete, conseguindo estancar o sangue da pata do cachorro. Com outro pedaço, fez pressão, tamponou e protegeu o ferimento. Pedro Jorge, já descansado, observou o mendigo esfarrapado se aproximando e desdenhou dele com um olhar crítico, denotando até certa superioridade. Pintacuda, socorrido, olhou para o portão onde sempre ficava como sentinela e ali, ficou cabisbaixo, sentindo a dor do ferimento. Suas patas dianteiras, estranhamente, não estavam mais sobre o focinho.

O mendigo se afastou dos dois e ficou olhando de longe, com os olhos fixos no cachorro e em seu dono. Consciente da verdade, lesado pela razão, começou a se afastar em direção ao lugar onde conhecera Pintacuda, no bar da esquina, sem mais olhar para trás.

Naquele instante, parte do passado voltou a sua mente e ele se lembrou dos dois filhos e da esposa que a vida lhe tirara. Recordou-se do livro que conseguira salvar entre as cinzas e o apertou simbolicamente contra o coração. Depois, foi se afastando cada vez mais de Pintacuda, observando seu antigo dono cuidando de seu ferimento.

A casa e o portão iam ficando cada vez mais longe, mais para trás, como as lembranças do passado. Sentia que perdera tudo, sua mulher, seus filhos, sua casa e agora, seu cachorro. Parecia conformado com tudo que o destino lhe tirara. A vida é assim mesmo, repleta de perdas. A maioria, desnecessárias. Aprendera com os nãos, com a maioria das escolhas erradas que fizera na vida e que determinaram o seu destino. Agora, reconhecia que não tinha direitos sobre o cão maluco.

Pintacuda, mais uma vez, levantou a cabeça corajosamente e olhou para Pedro Jorge o aguardando e chamando para voltar. Olhou para um lado e para o outro da Rua da República e encarou aquele trecho que tanto conhecia, como se estivesse em dúvida. Ficou assim algum tempo, enquanto o mendigo quase não podia mais ser visto.

Foi então que o cão não se conteve. Num gesto rápido, girou e saiu correndo, desabalado, em direção ao mendigo. O homem, percebendo o som das patinhas, olhou para trás e o viu. O cachorro parou, abanou a cauda e se atirou sobre ele, lambendo o seu rosto sorridente. Foram embora juntos.

Pela primeira vez, depois de tantos anos, o mendigo saltitava pela Rua da República e imediações. Pulava como criança, brincando de amarelinha. Pintacuda, ao seu lado, se distanciava, definitivamente, da casa de Pedro Jorge e dele também.

Muitos anos depois, o mendigo desapareceu de Quintino e foi esquecido. Ninguém jamais soube o que ocorrera com ele. Restou apenas a curiosidade sobre o conteúdo do livro que carregava. Mais algum tempo depois, o segredo foi também esquecido. Na realidade, só existe mistério para quem pensa nele. Mas, não para Pintacuda e o mendigo.

Quinze.
Piquenique em Sepetiba

Copacabana era plano B. Sepetiba era a melhor praia do Rio. Não tinha pra ninguém. Pelo menos, para os suburbanos de Quintino Bocaiúva. A água poderia não ser tão límpida e não era mesmo, mas era medicinal e não se tornava empecilho para os banhistas. A lama, escura e pegajosa, era o santo remédio para quem sofria de qualquer mal. Desde diarreia até prisão de ventre, gripe ou tuberculose, afirmavam que aumentava a imunidade de quem se emporcalhava naquela lama escura.

Ninguém queria saber de Copacabana, Ipanema, Leblon, salvo algumas esticadas pela Ilha do Governador ou pela praia da Urca, que fazia lembrar o cassino. Paquetá era lindo, mas longe, e a barca levava muito tempo pra chegar lá, valendo a pena somente o passeio de bicicleta pela ilha. No entanto, também era um grande programa para os domingos dos cariocas suburbanos. Maneiro mesmo.

Era adorável realizar um piquenique em Sepetiba, com amigos ou com a família toda. Marido, mulher, filhos, papagaio, periquito, cachorro e o indispensável fusca. Melhor companheiro para essas horas, mesmo enguiçando. Fazia parte. Sogra era contrabando, porque só queria viajar no banco da frente. Saco!

Aquela era a única praia em que Seu Armandinho, um dos diretores do bloco “Peida na Colher”, tinha liberdade para soltar seus flatos dentro d’água. O flop-flop das bolinhas de gás que subiam à superfície era o seu sublime prazer. Adorava. Garantiam que se urinava de satisfação. E, dentro d´água, dava pra disfarçar, não havia problema algum.

Domingo. Manhã de sol. O fusca mais envenenado do que Sócrates, com o escapamento do cano de descarga numa disputa acirrada com os peidos do Seu Armandinho! Saía de Quintino e ia beirando a estrada de ferro, soltando fumaça. Enveredou por Cascadura, rumo à praia, talvez para Dona Luzia, continuação de Sepetiba e menos emporcalhada, ou para Sepetiba, mesmo. Longe pra dedéu.

Os guris, pelo caminho, cantavam músicas antigas de Carnaval, e Dona Maria, sogra de Seu Armandinho, com a cara mais amarrada que presente de Natal, beliscava a todo instante os salgadinhos preparados na véspera. A todo o momento, ela fornecia pedacinhos para os garotos. Sempre era um dia muito importante, caracterizado pela expectativa.

De Quintino à Cascadura, iam todos se acomodando e, a cada solavanco do fusca, Dona Maria se defendia, tapando o nariz, se protegendo dos peidos do genro. Parecia que o homem ensaiava o ano todo para o desfile do bloco de Carnaval: o Peida.

Depois de muito rodar, pararam em Santa Cruz para um café reparador e descanso, principalmente do fusca, já bem envelhecido, mais que do que a Dona Maria. Enquanto isso, a sogra permanecia no carro, beliscando os salgadinhos e o franguinho com farofa.

Sepetiba era uma praia muito comprida, areia grossa, afirmavam que era monazítica e medicinal para a pele, sendo utilizada pelos frequentadores. As pessoas se enlameavam completamente, dos pés à cabeça, suportando um cheiro horrível, fedor nauseante, como se o próprio Deus ali tivesse soltado um peido, assim como Seu Armandinho, fazendo parte como membro do bloco.

A viagem foi tranquila, a garotada alegre, piquenique era o maior programa do suburbano. Lá chegando, os garotos logo se espalhavam pela areia grossa, pior do que a mais barrenta das ruas que formavam a esquina. Depois de algum tempo na praia, já parecia haver mais suburbanos do que grãos de areia.

A praia superlotava. Dona Jurema, a mulher do peidão, forrava a areia com sua toalha de linholene favorita, branca e de rendinhas encaracoladas, para abrigar o tradicional frango com farofa, cardápio essencial e indispensável. Garrafas com soda limonada, guaraná da Antártica Paulista e Crush. Ainda havia o Grapete, que quem bebia repetia, um refrigerante que começava a aparecer na mídia. Tudo nos conformes.

Todo o ambiente estava montado. E Dona Maria, como nunca se preocupara em comprar um maiô, não teve qualquer cerimônia e não hesitou em colocar a calcinha rendada e soutien, ou melhor, uma calçola e soutien mais largos do que a Presidente Vargas. E foi logo desfilando, sem se preocupar com os olhares de qualquer banhista curioso.

Seu Armandinho trajava um short comprido até aos joelhos, nem existia a sunga ou mesmo a bermuda naquele tempo. Repetidamente, corria até a água, soltava seus peidinhos borbulhantes, esperava as bolhas chegarem à superfície e voltava sorrindo para a areia, junto à toalha de linholene, já disposta.

– Hoje, a praia tá braba, né Seu Armandinho? – puxou assunto a sogra, interpelando o genro.

– Nunca vi Sepetiba assim, Dona Maria. É melhor a senhora e Jurema recuarem a tolha com o frango, senão vamos comer refresco de galinha. A onda tá braba mesmo.

– É só uma ondinha, Seu Armandinho – ponderou a velha, voltando agora da água com a calçola molhada, colada no corpo, e o soutien caindo dos peitos, também já caídos.

Os garotos voltavam da água, correndo a todo instante. Pulavam, respingando em cima do frango e salpicando areia por todo lado.

Algum tempo passou, muito pouco, mas praia dá apetite mesmo e toda a família chegara à conclusão de que estava na hora do almoço. Mesmo que comessem o mesmo em casa, era muito mais gostoso na praia, principalmente em Sepetiba.

– É melhor a gente almoçar logo – disse a velha, com o peso da água e os mamilos, murchos como maracujá maduro, começando a aparecer.

– É muito cedo, Dona Maria – retrucou Seu Armandinho. – Nós chegamos agora mesmo. Vamos esperar um pouco.

Dois rapazes passavam caminhando e não perderam a oportunidade.

– Isso aí é biquíni de velha ou herança de alguma múmia egípcia?

Sol dá praia e praia dá fome. Adiantaram-se. Rapidamente, o almoço foi montado e devorado em segundos. A farofa, mais salgada e misturada com areia, o frango bem macio, regado com água salgada. Seu Armandinho soltando os traques, mesmo na hora da comida. Tudo estava calmo, até quando um dos garotos levou uma ferroada de um siri, por ter metido a mão num buraco da areia lodacenta, e começou a berrar horrores.

Dona Jurema, que parecia compactuar com tudo, permanecia tranquila. Até que Dona Maria resolveu dar mais uma entradinha na água, a fim de cobrir as varizes com iodo, pois já formavam um perfeito mapa do mundo. O soutien dela se soltou até a altura do umbigo, deixando os mamilos flutuarem, como uma bola murcha bipartida.

Todos se moveram para socorrê-la e, felizmente, ela foi salva pelos garotos, que atiraram uma câmara de pneu velho do fusca, toda remendada. Boia de suburbano. Câmaras de pneus usados eram sempre o melhor acessório de suburbano nas praias, companheiras inseparáveis, até nas viagens de ônibus ou de trem.

– Salvem a velha! – gritava o pessoal nervoso na areia. – Salvem a velha da calçola bordada!

Num instante, um grupo de banhistas correu em direção à Dona Maria e conseguiu trazê-la para a areia junto com os garotos,. Mesmo salva, ela continuava a se debater, como se ainda estivesse na praia, espalhando areia pra todo lado.

– Glub, glub, glub, minha dentadura! Ela caiu na água, ah, minha dentadura! Salvem ela também!

– Que houve, minha senhora? A senhora já está salva.

Mas, a velha não parava de espernear.

– Minha dentadura caiu na água, pulou da minha boca.

– Sua dentadura? – perguntou um dos banhistas.

– É.

Naquela época, não havia salva-vidas nas praias, quanto mais salva-dentaduras. Só restava cair na água e mergulhar, procurando os dentes de Dona Maria. E foi o que fizeram. Um monte de gente, enquanto os garotos riam, se divertindo com a boca murcha da avó.

– Bem que o dentista me preveniu. Ele disse que a água salgada dissolve o muco que prende a dentadura no céu da boca – lamentou Dona Maria. – Disse que já atendeu muitos clientes que perderam dentaduras na praia.

– É isso – confirmou Seu Armandinho, enquanto Dona Jurema consolava a mãe. – Na praia, tem que ficar de boca fechada, minha sogra.

– Nem morta, fico de boca fechada – retrucou. – Nem morta e nem na praia.

– Tá certo, Dona Maria, tá certo. Melhor para o Dr. Helinho.

– Pior para mim – acrescentou Seu Armandinho, observando a boca fechada e murcha da sogra, lamentando que a conta com o Dr. Helinho, o dentista da família, ia sobrar para ele.

Mergulhadores fracassaram na busca da dentadura. Depois de muitos mergulhos, foi salvo apenas o soutien, que acabou finalmente cobrindo aqueles peitos murchos, mais caídos que paciente terminal. Os ânimos foram se acalmando, e os garotos partiram para o futebol. Enquanto isso, Seu Armandinho e Dona Jurema jogaram peteca, sobra da maravilhosa Festa da Penha.

Nas guerras, existem o dia D e a hora H. Para o suburbano que vai à praia, até mesmo na Região dos Lagos, a hora H da volta pra casa é sempre a mesma: 16 horas. O que provoca, indefectivelmente, enorme engarrafamento nas estradas e faz as segundas-feiras parecerem um inferno.

Após um dia de grandes aventuras, a família estava satisfeita. A garotada feliz, jogando futebol na areia e a espalhando em cima dos outros banhistas. Dona Maria, menos satisfeita, beliscava os salgadinhos utilizando-se apenas das gengivas. Seu Armandinho, que tinha treinado bastante para o desfile do Peida na colher, estava quieto no seu canto. Dona Jurema, responsável por supervisionar toda a situação estava tranquila. Afinal, todos se prepararam para a volta ao lar.

Já dentro do carro, apinhados. O resto da comida embrulhada no linholene, peteca, bola, a velha sem a dentadura, mas com o soutien. Seu Armandinho, soltando o último traque, o da despedida, o traque saideira. Todos se arrumavam para a volta, cansados.

Dona Jurema já preparada, com o lenço à Durango Kid. Mas, o fusca custou a pegar. Foi preciso Dona Jurema e os garotos saltarem e empurrarem por um logo percurso. Seu Armandinho no comando e a sogra ao lado, dando peruadas com a boca chupada. Dona Maria atrapalhava o motorista, que, mesmo puto com o carro que custava a pegar e atrapalhado com o acelerador, não podia deixar de rir, quase atropelando um banhista. Nunca a tinha visto reclamar com a boca chupada.

O fusca era antigo, mas valente e finalmente pegou. Fazia parte. Todos sorriram, menos Dona Maria, que se esforçou com a boca fechada, numa careta estapafúrdia. Partiu para Quintino e sabe-se lá a hora que iriam chegar.

Seu Armandinho não se importou. Sabia também que o fusca iria pegar e que ele pagaria uma nova dentadura para a sogra, mas o que fazer? Dirigiu até Quintino, sem problemas, pensativo. Olhava constantemente para sogra e sorria, sem mostrar os dentes, pensando numa coisa. Só numa coisa: quantos peixinhos aquela dentadura maldita iria morder.

Dezesseis.
Concurso de feiura

De todos os sentimentos humanos, nenhum é mais natural do que o amor à nossa terra. Ao bairro em que vivemos os primeiros anos de nossa vida. O berço fala das nossas mais íntimas recordações, fazendo estremecer a extrema e profunda sensibilidade que há em nosso coração. Tudo é lembrança, o perfume suave de uma flor, o amanhecer por trás das montanhas. A chuva apreciada pela janela, a bronca dos pais, preocupados conosco. A goiaba roubada no terreno vizinho, os amigos que se perpetuarão pelo resto da vida, enfim, tudo marcará os maravilhosos tempos remotos.

Desde que Orson Welles filmou no coreto de Quintino, seus fãs, decepcionados com sua falta de beleza, resolveram realizar um concurso. Porém, não um concurso de boniteza, mas sim, um concurso de feiura. A ideia foi aproveitada por um circo, que todos os anos era montado do outro lado da estrada de ferro, onde fora construído o primeiro cinema do bairro.

Nunca, alguém se esqueceu do circo, com seus palhaços hilariantes, as belíssimas trapezistas, o mundo encantado dos mágicos, a precisão dos ginastas e a grandeza do desfile dos gigantescos, mas dóceis animais. Pelas ruas, a expectativa e emoção do povo cresciam quando a lona começava a se erguer.

Deixou muita saudade, fenômeno que jamais voltará a acontecer. Resta a lembrança, que ainda faz palpitar o coração. Recordação que fez da infância um lugar afetivo privilegiado, por ter representado o aumento do grau de densidade da vida. Quem nunca assistiu ou participou da vida circense, terá que muito lamentar, pois teve uma infância incompleta.

Hoje, resta a saudade, tão criticada pelos filósofos que não tiveram vida. Não se pode avaliar ninguém pelo que pretende fazer, isso representa um futuro que, talvez, nunca venha a acontecer.

Mesmo com tantas atrações, com tanta beleza e magia, o concurso de feiura passou a ser a grande novidade do espetáculo. Os grandes nomes de "Quasímodos" do bairro se inscreveram, não tanto pelo dinheiro do prêmio, mas também para ganharem notoriedade. Ficar famoso a qualquer custo era o objetivo maior. "Rascunho de Portinari", "Filme Brasileiro", "Mapa do Brasil" representavam a bela feiura do local e seriam os nomes preferidos para abocanhar o título. A notícia do concurso se espalhou rapidamente, e quem era muito feio passou a ter muito mais importância do que os bonitos. Nunca havia tido concurso de beleza no circo.

Beleza pode ter um caráter particular, a depender da época ou mesmo das características inerentes de cada um, avaliadas por um julgador. Assim como o fenômeno atual das magrinhas, que solaparam todo o charme das gordinhas, padrão antigo de beleza. Que o diga o mestre Renoir, considerado Deus por Picasso. Todavia, não deixa de ser devidamente fácil distinguir o que é capaz de agradar ou desagradar.

E assim, os concursos eram realizados todos os anos, sendo bastante difícil conseguir eleger um candidato vitorioso, com tanta gente feia que aparecia se inscrevendo. Mais difícil era conseguir gente bonita, pois feios havia a dar com pau, já que só há o belo, porque o feio existe.

O concurso ganhou fama, o circo faturava repleto de assistentes. A população passou a possuir uma motivação maior, comentando-o pelas esquinas, lares e bares. Era a atração inusitada que chegava a superar o futebol.

Mas, Agripino, o afinador de piano que morava ao lado do Cinema Quintino, era um sujeito alvo, de estatura baixa, nariz muito pra frente, afilado, e boca muito para trás, muito torta. Orelhas deslocadas para frente, uma mais do que a outra, queixo afilado e um cabelo que não assentava, mesmo com Gumex, o gel da época.

Muito simpático, ele parecia gostar de ser feio e não se importava com isso. Acabava deixando todos pra trás e vencia todos os anos. Não tinha pra ninguém, o cara era campeão, mesmo e sempre abiscoitava o prêmio de homem mais feio de Quintino. E tinha orgulho disso. Vivia pelo bairro exibindo o seu troféu, como se isso fosse capaz de aliviar um pouco o fato de ser feioso.

Agripino trabalhava numa loja especializada em afinar pianos, muito em voga naquela época, até no subúrbio. Nos dias atuais, a garotada só quer saber de computador e celular e, na maioria dos casos, apenas para objetivos supérfluos. Apesar de ser baixo e magro, sua feiura adquiria dimensões interplanetárias. Era um indivíduo doce e versátil, horrivelmente simpático, recebendo a premiação sempre com altivez.

Trabalhava na loja ao lado do Cine Quintino Bocaiúva, em frente à estrada de ferro. Os olhos, muito pequenos, quase desapareciam por trás dos cabelos compridos, que ainda não eram moda, como a dos Beatles, que apareceu logo depois. Apesar das mãos delicadas de afinador de piano, especialista na profissão e muito requisitado pelo pessoal da zona sul, nem o sorriso era capaz de esconder suas feições.

Agripino, com toda aquela falta de beleza, conquistou todos os primeiros concursos, ostentando pelas ruas do bairro a faixa de campeão disparado. Ganhou algum dinheiro e ficou até mais famoso do que o próprio Orson Welles.

Um ano passou, a temporada do circo voltou. E com novas atrações. A mulher barbada, o homem que engolia fogo, o círculo da morte. Mas, a atração maior continuava a ser o concurso de feiura. Na realidade, nenhuma novidade suplantava aquela. O ano inteiro, a população aguardava com ansiedade, discutindo em todas as esquinas, dando nota aos feiumes e desejando que novos candidatos surgissem.

O terceiro concurso fora bem disputado, com alguns feios de fora tentando derrubar o bicampeão. Nada conseguiram, porém. Era muito difícil encontrar alguém que fosse tão feio quanto o afinador de piano. Quanto mais candidatos procurando derrubar Agripino apareciam, mais sensacional se tornava o concurso. O circo abarrotado de gente e filas enormes do lado de fora, na expectativa de uma vaguinha na arquibancada. Parecia um Fla x Flu, com a torcida enorme, sempre a favor do feio local.

O concurso alcançou um período de glórias para o subúrbio. A moda pegou e muitos clubes promoveram concursos semelhantes que se tornaram famosos no Rio de Janeiro, como o baile dos horrores, que chegou aos canais de televisão. Agripino permanecia tranquilo. Até que o concurso de feiura começou a incomodar os apostadores.

Formou-se, então, no bairro um grupo disposto a derrubar o favorito, custasse o que custasse, valesse o que valesse. Apareceu um sujeito, ligado ao turismo, que já havia passado o Carnaval numa cidade do interior do Rio de Janeiro e lá assistiu a um desfile de escolas de samba local, tendo ficado tremendamente impressionado com a "feieza" dos membros da escola.

"É incrível como tem gente feia em Taboas, distrito de Marquês de Valença. Deus me livre! E eu pensei que gente feia só tivesse em Quissamã. Em todo caso, valeu, vou ganhar uma nota, derrotando aquele baixinho", pensou o sujeito, já se organizando para o próximo concurso.

O sujeito reuniu um grupo na porta do Bar Atlético, nome do time do local, tendo como presidente, aos 18 anos de idade, Fred Fundibila, campeão de futebol no campo do Maravilha. Combinou de ir a Taboas para trazer o homem mais feio que encontrasse na cidade, para competir com Agripino. Se o que viu num desfile de escolas de samba foi aquele horror, imaginem se procurasse na cidade o homem mais feio, que certamente já deveria estar famoso nas redondezas.

O tempo passou e alguns dias após sua decisão, o apostador apareceu no Bar Atlético, convidando o grupo para uma reunião.

– Cara, quando cheguei lá, parecia até que tinha viajado para a Transilvânia. Muitos feios, e o cara que eu conheci é um sujeito mais feio do que o Boris Scarlof. Foi fácil, valeu a pena, podemos ganhar uma nota nas apostas – disse o homem chamado Parodi.

– Tem certeza, Seu Parodi? Olha, é muito difícil derrotar o Agripino. Além disso, a população está toda do lado dele.

– Isso não tem importância, o cara é feio demais. Eu assisti o último concurso aqui no circo e quando estive no Carnaval em Valença, pude concluir que podemos vencer.

– Mas o candidato não tem que morar em Quintino? – arguiu um dos membros do grupo. – Isso faz parte do regulamento.

– Isso não é problema. Eu alugo minha casa pra ele e resolvemos tudo. Faço um recibo, com data antiga, e pronto.

O resto do grupo parecia não concordar. Confabularam durante algum tempo, mas prevalecia a sensação de que um novo candidato forte poderia provocar muita emoção ao concurso. Então, ganhou a sugestão de Seu Parodi e todos toparam. Além disso, um dinheirinho a mais não faria mal a ninguém.

– O senhor é que sabe – concordou o grupo.

O feio de Taboas viajou, então, para o Rio de Janeiro, como se estivesse viajando para Hollywood. Nada tinha a perder, tendo participado aos amigos da sua cidade que iria até se encontrar com Orson Welles no coreto da pracinha. Era mesmo muito feio e poderia até ser contratado para algum filme americano de terror.

O homem de Taboas era um potencial vencedor. Tinha a cara muito comprida, com os cabelos despenteados, o nariz mais torto do que as curvas da estrada de Santos, repleto de pipocas. Exibia um nariz de crocodilo, a boca, verdadeira cremalheira, um dente sim, outro não, intercalados.

O rosto tão cheio de crateras, que, uma vez, levou um banho de cachaça numa briga e ficou cheio de pocinhas na face, que pareciam ruas de Parati ou a superfície da Lua. Era o candidato certo para derrotar o famoso afinador de piano.

Chegara, finalmente, o dia do quarto concurso de feiura do Gran Circo Quintino Bocaiúva. Em volta, as ruas todas embandeiradas. Nos bares, as apostas bateram todos os recordes. Havia uma convulsão de expectativa por todo o bairro.

Apesar do talento do homem de Taboas, Agripino permanecia favorito, porque ninguém acreditava que houvesse alguém pior, quer dizer, melhor, mas em feiura.

Durante uma manhã, o grupo rival começou a apregoar as qualidades horrendas do seu candidato, o que começava a provocar dúvidas, com a derrota balançando para os dois lados. Rascunho de Portinari se achava mais velho e mantinha ainda alguma esperança de vitória, porque o júri era todo novo e um amigo dele fazia parte da bancada.

As cicatrizes de Mapa do Brasil se embaralhavam, o que lhe deu maiores esperanças, pois o prêmio deste ano era muito superior ao dos anos anteriores, por causa da vinda do Homem de Taboas. Filme Brasileiro pensou em desistir, mas os amigos o convenceram de que ele era mesmo muito feio e resolveu continuar candidato, depois de se olhar bastante no espelho.

A expectativa era tanta, tanta, que o Gran Circo resolveu realizar um desfile monumental pelas ruas do bairro. Os candidatos do concurso desfilaram à frente do cortejo, com os rostos envolvidos em um capuz negro, para manter a curiosidade dos espectadores. Seguiam em carro aberto com elefantes, leões, macacos, e todas as demais atrações. A esta altura, Agripino e o homem de Taboas já estavam pau a pau nas apostas, na preferência do povo para vencer o concurso.

Sábado, 20 horas, trombetas trombetando, mais luzes brilhando, risos sorrindo e lágrimas jorrando. Gente do lado de fora, tanto quanto de dentro, entradas esgotadas, com preços elevados e uma expectativa generalizada. O grupo do Agripino posicionado do lado direito da arquibancada, e o grupo do Seu Parodi, do lado esquerdo.

E o espetáculo finalmente começou. Mesmo na apresentação,

havia trapezistas, ginastas, mágicos, mulher barbada. O povo gritava o nome do seu preferido no ranking, com uma grande torcida, oriunda de Taboas. Ovacionavam o candidato, também dando provas de qualquer um deles podia se candidatar para ganhar.

O apresentador foi anunciado de fraque e cartola, como o símbolo do tricolor carioca. No dia do concurso, último dia daquela temporada, o apresentador foi anunciando um a um dos candidatos. Numa gritaria ensurdecedora, o público já demonstrava a sua preferência.

Quando Agripino se apresentou, o circo quase veio abaixo, na proclamação do tricampeonato de feiura. O pessoal de Taboas reivindicava a brasa para sua sardinha. A algazarra era tão alta, que o apresentador quase não conseguia continuar o espetáculo.

Todos os candidatos foram se apresentando, recebendo os respectivos aplausos. Restava o último da noite, o Homem de Taboas, o enigmático. O apresentador pediu silêncio absoluto, fazendo bastante suspense. Os dentes do público tiritavam, os olhares fixos na cortina atrás do palco, atentos, até que alguém saiu de trás das cortinas, e o alvoroço foi total; nem se ouvia o trem da central passar pela estação. Apareceu, então, o ultimo candidato da noite, o Homem de Taboas, fortíssimo, direto da Transilvânia Fluminense.

Mas foi uma decepção geral. O homem de Taboas apareceu mais bonito do que nunca, influenciado, talvez, pela possível contratação para Hollywood. Apresentou-se de terno e gravata, penteado com brilhantina, Gumex, flor na lapela do paletó, sapato bicolor, desfilando como se estivesse numa passarela engalanada na terra do Tio Sam. Um fiasco. Foi uma vaia geral. Altíssima e prolongada. Nunca, naquele circo, isso acontecera. Ninguém estava ali pra ver gente bonita.

Agripino acabara de levantar o tricampeonato e até as suas afinações ocuparam as páginas dos jornais fluminenses, o transformando no melhor afinador do Município do Rio de Janeiro, talvez até do estado. Tornou-se mais requisitado e com ideias de se transferir para o Méier, aspiração maior dos suburbanos de Quintino Bocaiúva. O grupo do Seu Parodi se desfez com o fracasso, o que lhe atribuiu até o apelido de "O Homem de Taboas".

Depois da tentativa frustrada, de tanto dinheiro perdido nas apostas, o remédio seria desistir. Ou então, quem sabe? Elaborar algum plano diabólico para derrotar de vez o afinador e seus colaboradores.

Certo dia, apareceu nos jornais, especialmente no Diário de Notícias, uma nota triste. O Gran Circo ia se apresentar pela última vez em Quintino. O contrato do terreno no qual se estabelecia estava vencido, e o proprietário iria vendê-lo para a construção de um pequeno prédio. A trupe ia debandar para outras plagas, o que era corriqueiro no setor. Uma tristeza.

A população foi sabendo aos poucos e lamentava, tristemente. Alguns até tentaram alguma negociação com o dono do terreno, mas foi tudo impossível. O circo realmente já procurara outro destino para as suas futuras apresentações. O povo estava decepcionado. Era o acontecimento mor das redondezas, mesmo com um parque de diversões se instalando nos intervalos de tempo. Mais um ano passou e o circo montava sua lona para a despedida. Sua última apresentação. Não havia mais qualquer alternativa.

Seu Parodi, então, entrou novamente em cena e reuniu o seu grupo, decidido de vez a derrubar o tricampeão. Chegaram à conclusão de que não adiantava conseguir outro candidato, porque não haveria no mundo ninguém mais feio do que o afinador de piano, nem em Taboas, Quissamã ou mesmo no Brasil.

Mapa do Brasil e Rascunho fizeram de tudo, mas não conseguiram nada. Desistiram de vez. Filme brasileiro ia tentar novamente. Ficar prostrado numa esquina, à procura de um forte candidato nada adiantaria. Meditaram, discutiram, pensaram longamente, mas só chegaram a uma conclusão radical. Iriam acabar de vez com Agripino, o maldito afinador de piano.

O Atlético F. C. acabara de se sagrar campeão da Liga Suburbana de Futebol. Clube criado por Tutuca Oliveira, Fred Fundibila, Jorge Sapelho e Dario Coleiro, justamente na esquina da rua. Repleto de craques, atletas que foram adquiridos, logo depois, por inúmeros clubes do Rio, São Paulo e Minas. Dario, inclusive, quando treinava no Botafogo como lateral direito, não dava colher de chá ao Garrincha e, mesmo não entendendo nada de futebol, foi o melhor jogador fora do profissionalismo. Tudo largou, por falta de incentivo na época, infelizmente.

A comemoração do título foi no Bar Atlético, na Rua Guerra. Tudo regado com muita cerveja, bandeiras em preto e branco, faixas, taças erguidas. Havia bastante bebida, medalhas, confete e serpentina. E, como não podia deixar de ser, com a presença do grande bicampeão de feiura de Quintino. Agripino, o afinador de pianos, que seria a grande atração nas comemorações do campeonato do Atlético Futebol Clube.

À parte, sorrateiramente, o grupo do Seu Parodi, aproveitando a festa, arquitetou a derrocada do ilustre convidado, querendo desbancar definitivamente o título do homenzinho mais do que feio. Durante as festividades, conseguiram colocar no copo de cerveja do Agripino uma dose cavalar de óleo de rícino, já que se aproximava o dia do último concurso do circo. E, assim o fizeram.

Depois de alguns copos de cerveja, brindaram efusivamente. Em menos de uma hora, o antigo e famoso laxante começou a funcionar, justamente no momento em que Agripino era erguido, em cima de uma mesa de mármore branco.

O homenzinho colocou as duas mãos na barriga, conseguiu a façanha de realizar uma cara mais feia do que as dos concursos, titubeou, olhou atônito para todos os presentes a festa, sentiu todo o bar rodar e rodar. Fez uma cara de quem iria vomitar, por cima ou por baixo e pulou rápido para o chão, que não estava tão longe. Correu rápido para o banheiro, driblando a todos, como um craque do próprio Atlético.

Dentro de pouco tempo, o barulho da cagada fez o bar se calar. Foi terrível. E o pior, vomitou por cima e por baixo. Agripino cagou tanto a noite inteira, que resolveram levá-lo para casa. Morava ali perto, na Barros Leite, onde era inquilino de Dona Yolanda, uma senhora bondosa que o recebeu e o colocou carinhosamente na cama.

A senhoria passou a noite inteira com ele, que resolvera ficar horas no banheiro, não dando tempo para os intervalos de alívio. Além disso, havia o fato constrangedor de se borrar todo. Passou tão mal a noite toda, que, pela manhã, assim que melhorasse, a nobre senhora iria viajar para Chatuba, no município de Mesquita. Traria um irmão do Agripino, para melhor cuidar dele. O pobre homem se borrava tanto, que foi difícil conduzi-lo ao Hospital Salgado Filho, no Méier. Preferiram então mantê-lo em casa.

Chás esgotaram-se. Ervas não davam conta, orações muito menos, nem tão pouco simpatias. Dona Yolanda chegou a fazer promessa para São Jorge e não cobrar aluguel por um ano, mas o homem não melhorava. Ficou mais amarelo do que uma pintura de Van Gogh. A dose realmente fora cavalar. E a preocupação de Agripino não era somente a caganeira, mas sim, o concurso que iria se realizar já no dia seguinte.

Lá pelo meio-dia, Dona Yolanda, que viajara para Mesquita, chegou com o irmão, trazido pelo trem da Central do Brasil. Ambos chegaram a pensar em levá-lo para o hospital, mas resolveram deixá-lo em casa para colocá-lo em plena forma e disputar o concurso. Assim foi feito e Seu Agripino continuou sob os cuidados dc Dona Yolanda, convalescendo para enfrentar o grande dia.

Chegara, enfim, o dia do último concurso do Gran Circo Quintino Bocaiúva. E última apresentação dos atores. Havia uma comoção geral. Tudo devidamente preparado. A população foi chegando lentamente. Muitos substituíram seus compromissos para não perderem o concurso, era o último. O circo nunca esteve tão cheio, principalmente naquela noite de lua cheia, com a lona, refletindo o luar para todos os cantos do bairro.

O grupo do Seu Parodi, preparadíssimo, assentado num ponto estratégico da arquibancada, com as apostas em alta e a certeza da ausência do candidato mais forte, acamado por caganeira. Rascunho de Portinari, agora muito mais feio, era o principal candidato. O Homem de Taboas, que já não tinha mais a simpatia do público e dos jurados, vinha com mais realismo, com a feiura mais trabalhada. Até o mais feio de Quissamã conseguiram trazer. Estava tudo em ordem para a última apresentação.

Os trapezistas nunca estiveram tão perfeitos, os ginastas também, os palhaços deram um show inesquecível, os animais não erraram uma só apresentação, nem cagaram no palco, como o afinador. Tudo magnificamente apresentado para a noite derradeira. Ao final, o apresentador de fraque e cartola, segurando uma bengala exuberante, se despediu dos artistas e foi apresentando um a um os candidatos ao concurso.

Muitos aplausos e vibração total, quando o penúltimo candidato apareceu, Rascunho de Portinari, muito mais feio e mais velho. Até aquele instante o palmômetro e os jurados confirmavam sua vitória. O homem de Quissamã não era tão feio assim, como apregoavam os outros. Pelo menos, para a natureza daquele concurso.

O suspense era enorme. O apresentador manteve o silêncio durante um longo tempo. Olhava para o palco e se dirigia à plateia de forma misteriosa. O grupo do Seu Parodi pulava de alegria, festejando a vitória, já antecipada. O afinador de pianos, naquela hora, devia estar cagando adoidado e com Dona Yolanda cuidando dele.

O apresentador se postou frente ao palco, esperou o soar das trombetas, o silêncio curioso do público e anunciou bem alto:

– E agora, o último candidato ao concurso de feiura... o Sr. Agripino Salazar, mestre em afinar pianos, tricampeão insofismável do nosso famoso concurso, o homem mais feio de Quintino Bocaiúva, quiçá do mundo, e também o mais querido...

Um silêncio interrogativo. Expectativa geral. Gigantesca.

– O que é isso? – berrou Seu Parodi, em cima, na arquibancada, bem perto do palco, para os companheiros ouvirem. – Uma brincadeira? Porra! E a caganeira? Que fim levou a caganeira do afinador?

– Seu Parodi, não pode ser! – berrou também espantado, um dos membros do grupo.

O público vibrava de satisfação. O circo inteiro gritava o nome do afinador. A ovação quase abalou os alicerces do lugar quando ele apareceu, saudando todo mundo e pulando de satisfação.

– Puta que o pariu! – Alarmou-se um dos componentes do grupo.

– Ele vai se borrar todo no palco! – gritou outro.

– Cara, ele veio assim mesmo. Deve estar todo cagado.

– Não é possível, Seu Parodi, eu entornei o vidro todo de óleo de rícino no copo de cerveja dele, não é possível!

O último candidato finalmente se apresentou, e o público não parava de comentar:

– Olha a cara dele. Deve ter cagado a vida inteira. Ficou muito mais feio.

– Até os dentes entortaram.

– E as pernas, cara, também. Tudo ficou pior.

– Acho até que ele vai morrer.

Mas, o homenzinho pulava no palco, de um lado para o outro, cheio de alegria, irradiando simpatia, saudando o público vitoriosamente. Público que quase derrubou o circo, fazendo estremecer as estruturas, apavorando todos.

O último candidato nunca foi tão aplaudido. Tetracampeão, sem vacilo. Em pleno palco, recebeu a faixa de campeão, uma promissória bem polpuda e se despediu de todos, rapidamente, inclusive dos organizadores. Deu o fora o mais rápido que pode, voltando para a casa da Dona Yolanda, na Barros Leite.

Seu Parodi e seu grupo se despediram do circo, chutando a armação, putos da vida, cheios de prejuízos, e voltaram, também, para suas casas, lamentando. Nem tão cedo, iriam recuperar a tal grande quantia que apostaram.

Agripino continuava sofrendo com a diarreia, ainda na cama. Já era quase meia-noite, mas Dona Yolanda mantinha-se preocupada com a situação. Levantou-se e foi até o quarto do afinador. Muito ansiosa, bateu à porta.

– Como é que o senhor está, Seu Agripino? Melhorou alguma coisa?

– Nada bem ainda, Dona Yolanda.

– E a diarreia? Continua defecando?

– Muito, Dona Yolanda. O negócio continua feio.

Dona Yolanda fez um muxoxo. Franziu a testa, como se estivesse refletindo. Colocou o ouvido bem junto à porta e perguntou, ainda muito preocupada:

– Seu Agripino, o seu irmão gêmeo, já voltou do circo?

Nota do autor:

Nunca mais apareceu um circo em Quintino, infelizmente. Foi a maior atração cultural de todos os tempos, ali no bairro. No terreno, construíram um prédio mulambento, com dois andares.

Dezessete.
Cartas perfumadas

Alfazema era o seu perfume preferido. Na época do Natal, Seu Alexandre costumava perfumar as cartas que entregava nas residências. Uma forma simpática de agradar e receber melhores gorjetas. Funcionário do Correios e Telégrafos, gabava-se de jamais ter faltado o trabalho, ou mesmo ter chegado atrasado em quase trinta anos de serviço. Não tinha nem para funcionário-padrão. Além de correto, orgulhava-se disso, sempre com um sorriso áureo na boca.

Não havia no lugar um cara mais simpático e sorridente do que Seu Alexandre. De tão cordial, entretanto, julgavam até que fosse viado. Não homossexual, gay, drag queen, bicha, paneleiro, sei lá mais o que , como hoje apregoam. Antigamente, o cara que dava o rabo era viado mesmo e com "i". Só viado. Hoje, tem mais frescura.

Era casado com Dona Cenira, uma mulher linda, morena, sempre penteada com duas tranças a escorrer pelos ombros, o que lhe dava um charme maior. Causava inveja aos bonitões e divagações das mais variadas. Só que Dona Cenira tinha uma alergia incurável ao perfume de alfazema e, certa vez, com tanto perfume nas cartas do Seu Alexandre, teve um choque anafilático, foi socorrida no Hospital Salgado Filho e quase partiu para pior.

Na época de Natal, Seu Alexandre estava sempre mais sorridente e perfumava todas as cartas a serem entregues, com seu perfume preferido, o perfume de alfazema. Quando brigava com Dona Cenira, se empanturrava do perfume, para mantê-la à distância, enquanto durasse a rusga. Sabia do seu mau humor e das discussões sem motivos, difíceis mesmo dc suportar, a não ser por ele mesmo, sempre tranquilo e tolerante. O que aumentava mais ainda a desconfiança dos moradores sobre a sua masculinidade.

A Rua Olina. Isso mesmo, Olina, não Olinda. Era uma das vias que faziam parte da Esquina das Ruas. Um nome de rua, cuja origem nem o mais nobre sábio soube explicar, estranha e sem significado. E, justamente nesta rua, morava Dona Camélia, uma gordinha também simpática, que recebeu das próprias mãos do carteiro uma carta superperfumada com alfazema. Chegou, como era hábito saber que havia correspondência, pela voz do carteiro, por vezes, confundida com os latidos dos cachorros.

Certo dia, Seu Lupércio, seu marido, funcionário da Caixa Econômica, chegou à casa um pouco tarde, vindo do trabalho, e morto de fome para jantar. O trem atrasara e ele tinha lá seus motivos para se justificar. Naquele tempo, batida de trem era mais comum do que batida de jenipapo em festinha de subúrbio.

Pela primeira vez, não encontrou a mulher em casa, o que o preocupou bastante, pois estava com muito apetite, e era daqueles homens que nem sabiam fazer um café. Hoje, existem mais.

Será que ela passou mal, enquanto eu estava trabalhando?, pensou. O trem atrasou um pouco, mas ela sempre esteve à minha espera, em todos esses anos. O que terá acontecido?

Cansado, Seu Lupércio sentou-se no sofá da sala, em frente ao aparelho de televisão, recém-chegado. Nem ligou a tomada. Nem sabia direito. Qualquer aparelho elétrico assustava o usuário. Estava com fome, e isso era o mais importante. Esperou algum tempo, e depois mais algum outro tempo.

Eu sempre a encontro em casa, o que será que houve? Acho que vou perguntar à vizinha do lado, continuou pensando.

Levantou-se e andou de um lado para outro, e do outro para um, enquanto a fome aumentava e começava a fomentar suspeitas. Olhava para o chão, ora para o teto, e não encontrava explicação. A suspeita virou indignação e a indignação, coragem.

Partiu, então, resoluto, para todos os cômodos da casa, sempre ensimesmado. Vasculhou a casa toda, direto para o armário do quarto, embaixo da cama, verificou os banheiros, o pequeno quarto do lado de fora da casa, o quintal, por trás da mangueira, mas nada encontrou.

Como as mulheres traem? Como será? Voltou a pensar nessa hipótese. Sei lá. Os amigos da esquina afirmam que elas começam a se enfeitar muito, mais do que o natural. Será? Será mesmo? Camélia, ultimamente, tem cheirado muito àquela porra de alfazema, de onde vem esse maldito cheiro? Cacete, sei lá. Eles falam de recadinhos, bilhetinhos, consultas fajutas ao dentista, assiduidade suspeita às missas de domingo em outras igrejas. Será mesmo? Porra, mas a Camélia, não acredito! Ah...

Voltou-se para o relógio, no bolsinho da calça. Não suportava mais o apetite. Foi até a cozinha e começou a remexer as panelas. Porra, não tem comida alguma, só uma migalha do ensopado de ontem. Não vou perguntar aos vizinhos, tenho vergonha. Vou verificar se tem algum bilhete. Se alguma coisa aconteceu, tem de haver algum bilhete, pensou novamente.

A cuca só tinha pensamentos ruins, trágicos. Olhou dentro do açucareiro, embaixo dos pratos, dentro do armário, mas nada de encontrar. Voltou ao quarto e deu mais uma espiada, desta vez, maior, no armário, no fatídico armário, derrubando os cabides por todos os lados e nada. Sorriu mais ainda, esquecendo por momentos a fome e por nada ter encontrado. Ainda bem.

De repente, lembrou-se do que ocorreu no domingo, quando sua mulher partia para a missa na igreja de São Jorge, na Clarimundo de Melo. A bolsa e os óculos escuros. Óculos escuros, o primeiro grande sinal de quando as mulheres estão traindo. Os amigos já conversaram sobre isso. E Dona Camélia foi à missa de bolsa e óculos escuros que ela nunca usou em sua vida.

Bolsa de mulher? Bolsa de mulher, quem sabe? Lá, tem tudo. Tem espelhinho, tem lenço, isqueiro, batom, cigarro, chaveiro e quem sabe? Pode ter mais alguma coisa.

E, lá foi Seu Lupércio, mais uma vez, vasculhar o armário, encontrando várias bolsas femininas.

– Um bilhetinho? Uma carta! Porra, uma carta! É toda perfumada, snif, snif, que perfume indigente. Parece perfume de viado! - berrou para si mesmo.

Dona Camélia chegou naquele instante. Antes do "Direito de Nascer", a novela do momento. Sem dar tempo de o Seu Lupércio abrir e ler a carta. Penetrou rápido pela porta da cozinha, como se procurasse esconder alguma coisa.

- Puxa, querida, como você demorou. Já estava preocupado. Onde você estava?

- Oh, Lupercinho querido, passei um dia terrível na casa da Rosa. Ela não está nada bem e tive que ficar com ela mais um pouco. Tive até que rezar a espinhela caída nela e aplicar o emplasto sabiá nos dois pulmões. Ela só gosta desse, é o melhor mesmo. À tardinha, tava morrendo de dores no peito e até aproveitei e dei uns passes nela. Só quando ela melhorou um pouco, pude vir pra casa.

- A Dona Rosinha? Mas, ela sempre teve muita saúde.

- Ela mesma, Lupércio. Tava quase estrebuchando.

- Mas, o que é que a gente tem com isso? Por que o Carvalho não a levou para o hospital?

Seu Lupércio aumentou o tom de voz, mostrando autoridade e toda sua fome. Pensou no que o amigo disse sobre mulheres traidoras.

- E, que porra é essa de usar óculos escuros?

- Hein? Oh, esses óculos. - Dona Camélia ficou desconcertada, levando as mãos à testa. - Ihhh... Já são dez horas, deixei o jantar na geladeira, nem reparei no tempo, vou esquentar o teu jantar.

- É bom mesmo, mulher, antes que eu também me esquente e me aborreça contigo - bradou o patriarca, empurrando a mulher para junto do fogão, procurando disfarçar e fungar o seu cabelo, tentando descobrir algum cheirinho nojento de alfazema.

Daquele dia em diante, a espionagem começou. A suspeita de que Dona Camélia o traía aumentou gradativamente. Passou a utilizar de todos os tipos de espionagem sugeridos pelos amigos confidentes. O homem chegava ao ponto de se ausentar do trabalho ao meio do dia, e voltar, só para saber como iam as coisas.

Monitorava mais do que cardiologista em UTI com vários enfartados. Resolveu se abrir mais intimamente com seu melhor amigo.

– Porra, Madeira! – disse, no primeiro segundo, em que o encontrou no portão na casa do amigo.

– O que há, Lupércio, tá todo nervoso?

– Tenho que estar, Madeira. É terrível.

– Terrível o que, Lupércio? Só a morte é terrível. Tudo o mais tem solução. Tudo se arranja.

– Tudo, não Madeira, tudo menos traição, menos traição – revelou Seu Lupércio, sem conseguir se amparar, apoiando-se no portão e abaixando a cabeça

– O que foi, cara? Camélia tá te traindo?

– Parece que sim, Madeira – confessou ultrajado, Seu Lupércio, colocando uma das mãos no ombro do amigo.

Madeira indignou-se.

– Lupércio, isso é até sacanagem com a Camélia. Ela sempre foi correta. Por que você suspeita de alguma coisa? Ela te deu algum motivo? Há sempre algum indício de que isto esteja acontecendo, isso ocorreu?

– Indício, que indício?

– Cara, tu não conheces a vida? Com a tua idade, parece que não tem experiência alguma, cara. Há sempre algum detalhe diferente que faz a gente desconfiar. Mudança de comportamento, frigidez, sei lá... Tá acontecendo com vocês?

– Não sei, Madeira. Como posso saber?

Madeira suspirou. Puxou o amigo para bem junto, cara a cara, olho no olho e perguntou, firmc.

– Vocês têm transado normalmente?

– Porra, Madeira, de vez em quando, a gente dá uma parada. Ninguém é de ferro.

- Tudo bem, tudo bem. E ela, tem se enfeitado, além do normal?

Lupércio pensou, antes de responder.

– Bem, nós tivemos o casamento da sobrinha dela, lá no Grêmio Quintino, e ela estava bem bonita. Cara, foi um festão. Ela até comprou um vestido novo e umas coisinhas a mais, coisas de mulher. Tive que fazer até um crediário. Ah, rapaz, ela estava toda perfumada, um perfume esquisito, de alfazema.

– Hum, hum.

– Hum, o quê, Madeira?

– Nada, nada, meu amigo. Esses são os indícios, são os indícios. Você não me perguntou pelos indícios?

– É, quero saber mesmo.

– Isso aí, amigo, tem que dar uma de machão. – Madeira refletiu um pouco.

– E, à noite, Lupércio, ela costuma murmurar alguma coisa?

– Como murmurar?

– Murmurar, sei lá, murmurar. Falar alguma coisa, baixinho, sozinha.

– Hummm.

– É, isso mesmo.

– Não sei bem, só acordo de madrugada pra mijar e nem presto atenção, mas acho que já ouvi ela resmungar.

– Hummm, Lupércio, outra coisa, outra coisa, ela tem visitado muito a Rosinha?

– Ora, se tem.

– Muitas vezes?

Seu Lupércio olhou desconfiado para Seu Madeira.

– Você tá desconfiado de que as duas tem algum caso? Não acredito, a Rosa é sua melhor amiga.

– Ah, justamente isso que eu queria saber, Lupércio, a melhor amiga.

– O que tem a ver a melhor amiga?

Madeira sorriu, com ares de detetive.

- Isso mesmo, Lupércio, mais um indício. Toda mulher que começa a trair procura logo a melhor amiga.

- Pra quê, Madeira?

- Confidências, Lupércio, confidências - vaticinou Madeira, com ares de sabedoria. - E tem mais um indício, cruelmente fatal, infalível. - Entusiasmado, Madeira começava a dar uma de esperto, colocando a mão no queixo.

- Ainda tem mais? Depois de tudo isso, ainda tem mais? Porra!

Madeira coçou a cabeça, para refletir mais um pouco.

- Porra, Madeira, diga logo, já tô ficando meio alucinado.

Madeira suspirou.

- Tua mulher começou a usar óculos escuros?

- Óculos escuros?

Seu Alexandre permanecia, entregando as cartas perfumadas e multiplicando as gorjetas. Planificava tudo antes do Natal e não se importava com a fama de exageradamente delicado, provocando até certas desconfianças. Persistia e confidenciava para os íntimos que iria realizar seu grande sonho com aquela conquista. Tornou-se popular, sorrindo mais naquela época. Tinha prazer de mostrar que possuía um incisivo lateral superior direito, com uma coroa em ouro, que ele polia todos os dias, com pedacinhos de Bombril, uma novidade que surgira.

Seu Lupércio, magoado, resolveu mudar-se para outra rua, ali perto mesmo: a Travessa Barros Leite. Na realidade, era distante só uma rua mesmo. Mas, para ele, era como se, em se trocando o sofá da sala, as coisas mudassem. Levava consigo o rancoroso cheiro de alfazema, que sempre sentia até mesmo quando não sentia. Era uma perseguição incansável.

Chegava a compará-lo ao peido da sogra, mais preferencial do que a Avenida Rio Branco. Era como aqueles que ela soltava quando descia qualquer escada ou sempre que desfilava no bloco do "Peida na Colher". Em cada degrau, um traque. Caso a escada fosse muito comprida, como a escada da Igreja da Penha, era preferível uma blitz policial com gás lacrimogênio.

Certo, dia, em sua nova residência, encontrou uma carta dentro de um livro de receitas, presente da sua melhor amiga, Dona Rosa. Já era tarde da noite, depois da novela do rádio e quando a sua mulher já estava dormindo ou quase dormindo:

– Lupércio, que barulho é esse aí na cozinha? – gritou do quarto, às escuras, Dona Camélia.

– Nada, nada, não, meu bem. Vim pegar uma fruta na geladeira. Ainda não estou com sono. Vou já para o quarto.

O marido, rapidamente, enfiou o livro de receitas numa gaveta do armário, com a carta já enfiada dentro do pijama. Sentou-se numa cadeira perto do interruptor e preparou-se, muito nervoso, para lê-la. Tenso, reparando que a correspondência já estava aberta e com forte cheiro de alfazema. Engoliu em seco, por inúmeras vezes, até dar uma violenta mordida numa maçã, quase quebrando os dentes da dentadura. No entanto, não conseguiu ler a carta, porque Dona Camélia já se aproximava.

Seu Lupércio foi apanhado de surpresa. Ela nunca se levantava da cama, assim tão rapidamente. Apareceu de repente, caracterizando o impedimento através da presença, para esboroar qualquer investigação possível.

No dia seguinte, a rotina continuou. Seu Lupércio saía do trabalho, perto da hora do almoço e vigiava as imediações da casa da melhor amiga de sua esposa. Chegava ao ridículo de se esconder atrás dos postes de iluminação ou simulava observar as estrelas. Estava doido por um flagrante, já que a desconfiança, apesar de todas as evidências, nunca era conclusiva. Só a certeza da vitória, e essa era importante. Importava muito. A desconfiança não era conclusiva para punir Dona Camélia.

Sábado era dia de folga do trabalho. Acordou cedo, bem antes da mulher, olhou para o rosto dela, na cama, dormindo tranquilamente e levantou-se, sem procurar acordá-la. Foi até a cozinha, silenciosamente. Recolocou o livro de receitas, com a carta amarrotada, dentro de uma gaveta. Pegou o café do bule e esquentou-o. Pelo menos, começou a aprender a fazer isso.

Sentou-se novamente na cadeira, junto ao interruptor, até ouvir um barulho de patas arranhando a porta da cozinha.

– Rex, oh, Rex, bom dia. Bom dia, cachorrinho fiel, fiel como Jesus Cristo.

Enquanto Rex abanava o rabo, assim que Seu Lupércio abriu a porta da cozinha, procurando fazer festa no cãozinho, Dona Camélia roncava tranquilamente, lá no quarto, a sono solto.

Seu Lupércio nunca fora muito afeito a animais. Trabalhava bastante e não queria sobrecarregar seu tempo. Achava chato levar cachorros para passeios na rua e ficar enviesado, enquanto o cachorro ficasse cagando e sujando tudo, como os outros cachorros da rua. Ele mesmo já havia levado um escorregão num rolinho de cocô, numa noite escura, e quase quebrou uma perna.

Desde então, odiava todo aquele desfile dos cães, emporcalhando as ruas, enquanto as madames desfilavam, até mesmo alguns homens, dando festinhas de aniversário para seus bichos, o que o revoltava mais ainda. Principalmente, quando encontrava algum mendigo. Achava que estes mereciam mais e alardeava sempre, em todas as ocasiões que podia, em qualquer reunião, que quem gostava demasiado de animais era porque gostava pouco de gente.

Pela primeira vez na vida, tentando realizar alguma coisa diferente do nada, Seu Lupércio pegou o poodle branco pela cordinha e saiu por aquela manhã de sábado, pela Barros Leite abaixo, chamando a atenção dos vizinhos, pelo inusitado.

– Bom dia, Seu Lupércio, passeando com o seu cachorrinho?

– Cachorrinho bonito, Seu Lupércio, é seu?

– Caminhe mais devagar, Seu Lupércio, senão vai enforcar seu cachorrinho lindo. Ele é tão pequenino!

Grande parte da manhã, Seu Lupércio caminhou com Rex pela Barros Leite, João Barbalho e adjacências, orientando-se como um bom detetive, analisando os moradores, procurando alguma pista, até que pudesse descobrir alguma coisa. Rex servia de excelente apelação. O guia perfeito, até mesmo se, por acaso, ele fizesse festa a algum homem.

Ao dobrar a rua e chegar à esquina, a esquina das ruas, encontrou-se com Seu Madeira e mais dois amigos, tomando cerveja no balcão do armazém de Dona Anatália. Ao vê-lo, os três saíram do balcão e vieram até a esquina, espantados com o que viram.

– O que é isso, Lupércio, passeando com um cachorrinho desse por aqui?

– O que tem esse cachorro, porra? Ele é da minha mulher.

– Porra, Lupércio, isso é cachorro de viado, cara.

– Cachorro de viado?

– Ele é muito pequeno, pequenino demais, não vê como ele abana o rabo?

– Ele é muito pequeno, Lupércio. Homem não passeia na rua com um cão tão pequenino – criticou o outro amigo.

– Vocês não sabem de nada sobre cachorros. Cachorro quando tá feliz abana o rabo. É o sorriso dele. E o que tem ele ser pequeno?

– Mas, perfumado assim? – indagou o Madeira. – Até dentro do armazém, nós sentimos o cheiro dele.

Seu Lupércio se invocou. Puxou o Rex pela cordinha, arriou sua cabeça e deu uma longa fungada no pelo do animal.

– Hummm... alfazema... Porra... Hummm...

Um dos amigos do Madeira foi até o balcão e trouxe um copo de cerveja. Seu Lupércio agradeceu, bebericou um pouco e logo depois, os outros amigos já estavam bebendo juntos, em volta do poste de energia elétrica, que todas as noites iluminava largamente a esquina.

Aquele reduto sempre fora o ponto preferido, não só dos beberrões, como também dos jovens. Ali se reuniam para os papos tradicionais da vida. Naquele lugar, ao lado e por baixo da iluminação noturna, foram idealizados planos, romances emocionantes, festas e muitas profissões projetadas. Enfim, muitas esperanças renovadas. Dali, ao redor daquele poste comum, mesa redonda daquele pequeno mundo, onde a vida teve chance de começar, mas também, infelizmente, de encerrar.

Era o local para se conversar desde a manhã, até altas horas, entrando pelas madrugadas. Discutiam-se as mais simples considerações, até as reflexões mais sérias e filosóficas e bem perto da barbearia do Martins. Mas, enquanto os amigos desfilavam os papos contemplativos, o cachorrinho Rex fazia das suas em volta do poste de iluminação.

Seu Madeira e os dois amigos disfarçavam, dando risadinhas sem graça, quando um dos amigos, não aguentando, inopinadamente, cuspiu fora o gole de cerveja que ingeria, gargalhando. Os quatro se depararam com o quadro hilariante do cachorrinho do Seu Lupércio, dando o rabo para um vira-lata que rondava por perto.

Com a risadinha tripla, Seu Lupércio, humilhado, lançou o olhar indignado para o cachorrinho da mulher. Refletiu sobre algo comparativo e resolveu voltar pra casa, puxando violentamente a cordinha presa à coleira do cachorro. Abandonou o local e quase deu um chute no bicho, mas não deixou de executar um bico no cão pretinho.

– Porra, isso é demais – resmungou. – Ser corno e ter um cachorro viado, dando o rabo logo na frente dos meus melhores amigos! Depois, o povo vai achar que também estou dando que nem aquele carteiro viado, com aquele dente de ouro que ele mostra pra todo mundo.

O domingo amanheceu repleto de dúvidas. Tempo chuvoso, a manhã cor cinza, meio escura e a mulher do Seu Lupércio prontinha para sair, toda serelepe e mais bem vestida e pintada do que o habitual, mesmo para um domingo.

– Precisa botar óculos escuros para ir à missa, mulher?

– Vou à missa e depois, vou à casa da Rosinha, Lupércio. Ela tá com conjuntivite e eu tenho medo de ela me contagiar. Por isso, tô usando óculos escuros. E depois, vou fazer compras para o almoço. Eu não demoro.

Lupércio espiou para fora da cozinha e rosnou para o cachorro, que acompanhava Dona Camélia até o portão. Estava indignado, mas não sabia o que pensar, nem fazer. Estava disposto a tudo e nem sabia o que tudo significava. Enquanto a mulher saía, debruçou-se sobre o peitoril da janela e ficou matutando, observando os pingos de chuva molhando a mangueira do vizinho.

– Será que eu mereço ser trocado por uma paraíba? Ou será o Moreira, o meu melhor amigo? Porra, sempre escuto essas histórias do melhor amigo, comendo a nossa mulher, será? E aqueles amigos do Madeira, ali na porta do armazém, me sacaneando? E o Carvalho, que cuspiu cerveja em cima do vira-lata preto? Aquele cara é simpático, porra, qualquer mulher se apaixonaria por ele. Será que é com ele que ela tá se encontrando?

Os dias iam passando, mas as suspeitas, não. E o Natal se aproximando, com Seu Alexandre cumprindo fielmente o seu dever de carteiro, com cartas perfumadas, recebendo generosas gorjetas natalinas. Confuso, Seu Lupércio aumentava o número de suspeitos e já pensava até em comprar um revólver.

Os amigos lhe aconselhavam umas férias, ao que ele resistia, por querer estar presente para o que desse e viesse. Alguns achavam que um psiquiatra resolveria o seu problema, tal sua mudança de comportamento. Caminhava pelas ruas do bairro, principalmente as que formavam a esquina, como se fosse um espião soviético. A todo instante, esticava o pescoço, virava o rosto para um lado, depois para outro e assim, ficava durante longo tempo.

Quando saía com Dona Camélia, ficava na retaguarda, uns dois passos atrás. Era como se estivesse justificando o papel de corno consciente ou então, inteligentemente, observando qualquer deslize da esposa. Com Rex, nunca mais saiu, e sempre que voltava para casa do trabalho, tinha vontade de jogar gasolina na casa de madeira dele e atear fogo, para acabar com aquele maldito cheiro de alfazema. E o cachorro viado, como o carteiro, também. E, que porra de cachorro gay. Agora, seria ele que iria rosnar para o cão.

Enquanto acompanhava a mulher, observava o vai e vem dos amigos, inclusive nas missas de domingo, na igreja de São Jorge, que passou a frequentar, já que até do padre Nemerval também desconfiava. Padre filho da puta, que comia todas as fiéis. Malditas beatas. Arre...

Estava perdido. Não sabia mais o que fazer, como não sabem o que fazer todos aqueles que não têm certeza, já que nem a certeza conduz sempre ao procedimento correto. Ter dúvidas tem alguma vantagem, pois não obriga a se tomar uma atitude. Ter certeza leva à ação, que nem sempre dá resultados proveitosos.

Corno passaria a ser a sua missão, menos mal que viado, como o carteiro ou o cãozinho da mulher, que o humilhou e continuava puto com isso. Porém, tinha receios de que a certeza chegasse. Pensou num facão, daqueles bem afiados. Matar o Moreira, o padre, ou a Dona Rosinha, maldita Paraíba! Comendo a mulher dele?

Dúvidas, dúvidas que passou até a curtir, amedrontado por ter que tomar uma decisão. Chegava a raciocinar sobre o que lera no Diário da Noite. "Quem decide pode errar, quem nunca decide já errou". Pela primeira vez, lera nas colunas sociais.

Na segunda feira, o pior dia da semana, ainda mais com chuva, Seu Lupércio chegou do trabalho no horário normal. Estava convicto, calmo e mais disposto, preparado para o jantar habitual, assistir televisão e logo depois dormir, como qualquer suburbano comum.

Depois que entrou pelo portão, passou pelo corredor lateral que dava para a cozinha, com a chuva fria respingando nas calças. Chegou até a porta, perto de onde ficava a casa do cãozinho viado, que rosnava para ele.

Voltou-se para a casinha do Rex e percebeu a sua ausência ou então, que estivesse se protegendo do frio e da chuva, metido lá para dentro. Só o barulho da chuva fina, tamborilando no telhado da casinha. A vasilha vermelha que servia de bebedouro sumira. Na parte lateral da casinha de madeira, algo diferente, preso por um prego e protegido por papel celofane transparente, algo que parecia um envelope. Hesitou, desconfiado.

Seu Lupércio se agachou e removeu-o, com muito cuidado. Tirou o papel do celofane e percebeu, de imediato, um estranho perfume de jasmim, que ele até gostava. Parecia um bilhete, escrito num cartão de Natal, com um desenho de uma casa com neve, em toda a volta. Estava bem perfumado e com dizeres simples, mas definitivos.

Lupércio leu com a máxima atenção:

"Lupércio, eu e Rex estamos partindo para outra. Cansamos da rotina dessa vida e de você. Sentimos muito. Adeus. P.S.: Alexandre se despede com um abraço e vai conosco."

– Porra! – gritou para si, Seu Lupércio. – Jasmim?!

Dezoito.
Esqueci o guarda-chuva

Por incrível que pareça, esqueci novamente o guarda- chuva. Sabia que ia chover, mas, pô, é um saco andar na rua com esse troço pendurado no braço. Por causa disso, comprei uns cinco. Nos camelôs. Foi mais barato, razão por que tenho cinco. Um no carro, um no trabalho e três em casa. Quando a chuva me pega desprevenido na rua, pra não me molhar, compro outro. Qualquer dia, faço coleção.

Cada um de uma cor. Aliás, bem que eles poderiam conter desenhos de quadros famosos, paisagens, telas abstratas. Os dias chuvosos ficariam bem mais coloridos.

Certo dia, meu filho entrou em meu consultório, considerando-me gagá – belo diagnóstico – por ter esquecido alguma coisa em algum lugar. Esqueci onde. Mal terminou sua crítica, lembrou-se que esquecera o seu guarda- chuva no balcão do banco. Voltou correndo à agência bancária, perto do consultório, mas não o encontrou mais.

Não há quem não esqueça esse negócio. No banco, no restaurante, sala de espera, e até mesmo na loja, em que se compra o acessório. Já vi acontecer. Sério.

Mas, guarda-chuva não é o campeão do esquecimento. Não é, não. O campeão de esquecimento é a chave. E chaveiro? Competição braba. Incríveis as histórias, as que são sobre chave têm consequências piores.

Tive uma família de clientes que fizeram viagem ao Nordeste, férias que duraram vinte dias. Quando voltaram ao Rio, se depararam com a porta aberta, do apartamento onde moravam. Estava apenas encostada ao caixonete, simplesmente por terem esquecido, na pressa da viagem, de passar a chave na fechadura.

Deram sorte. Pelo menos, o apartamento estava intocado, nada foi mexido. É isso mesmo. Sem o guarda-chuva, quase não há problema, apenas nos molhamos, pegamos um pouco de chuva, nada mais. Porém, a chave pode trazer consequências graves.

Porta aberta pode entrar ladrão; porta fechada, batida por dentro, que dá trabalho para abrir. Principalmente, quando o cara se tranca por fora, tarde da noite. Horrível.

Eu mesmo já tive que atravessar da varanda do vizinho para a minha varanda, no oitavo andar de um edifício, por fora do prédio, dando uma de Homem Aranha. Mas, não me esqueci de não olhar, não olhar para baixo. Lógico.

Minha ex-mulher fora ao centro da cidade fazer compras, andando de loja em loja. Realizou pagamentos, cumprindo rigorosamente tarefas obrigatórias, tim-tim por tim-tim, com a satisfação de quem realiza e termina o dia com o dever cumprido. Todas as tarefas realizadas, estava cansada, esgotada. Quando foi festejar, com um chope reparador, abre a bolsa, procura, procura e não consegue encontrar o chaveiro, com todas as chaves dos seus compromissos. Chave do carro, do apartamento, da garagem, do consultório.

Já é difícil encontrar alguma coisa na bolsa de uma mulher, ainda mais quando a coisa não está lá. Havia de tudo, outra bolsinha, outro chaveiro pequeno, lenço, tesoura, celular, o diabo, mas não o chaveiro, com a chave do carro e todas as outras chaves. E aí? O que fazer?

Percorreu toda a via-crúcis de volta, de loja em loja, passou de volta por todas as ruas, por todas as esquinas, mas não conseguiu se lembrar onde tinha deixado o chaveiro. Restou aguardar pacientemente o socorro durante algumas horas e voltar para casa, já com um chaveiro e chave do carro novos e aguardar o profissional, o chaveiro, no play do prédio, para abrir o apartamento. Saco.

Num Fla x Flu no Maracanã, na correria para chegar ao estádio, já me deparei com um carro, estacionado nas imediações. Devidamente parado, com o motor ligado e a chave na ignição. Torcedor apressado, como quase todos, bateu a porta do carro, correndo, esquecendo de todo o resto ligado. Não me lembro de qual time perdeu, mas garanto que o motorista deve ter perdido toda a gasolina.

Como é diferente ficar trancado pelo lado de fora. Já fiquei várias vezes. Quando a porta bate e se fecha e estamos do lado de fora. E quantos já esqueceram carro estacionado em algum lugar e voltaram para casa de ônibus? Eu mesmo, duas vezes, e numa, entrei numa fila de ônibus, na Praça XV.

Esperei mais de uma hora o ônibus chegar e só quando cheguei à Tijuca, é que me lembrei que fui ao Centro da Cidade de carro. Tive que voltar num ônibus da mesma linha, para pegar o carro de volta. De carro, então, existem inúmeras histórias.

Algumas curiosas e cômicas. Um parente meu provocou imenso prejuízo, num prédio em que trabalhava. Faltara água e ele, não conseguindo lavar todo o seu instrumental, depositou-o dentro da pia, para ser limpo no dia seguinte. Acabou esquecendo todas, todas as bicas de seu consultório abertas. Foi para casa e morava longe do trabalho.

À noite, quando a água voltou, foi um desastre. Já era de madrugada e ninguém podia perceber nada. Vários andares foram inundados pela água, carpetes destruídos, aparelhos elétricos danificados, documentos empilhados, goteiras em várias salas e até, pela portaria do prédio, água jorrando como uma cachoeira. O Corpo de Bombeiros teve que ser acionado. O prejuízo foi grande.

Num prédio em que morei, no Méier, uma mulher esqueceu o ferro de passar roupa ligado, no tempo em que os ferros não tinham limite de temperatura. Então, o ferro virou brasa e o apartamento, também. Morava no oitavo andar e só me dei conta quando ouvi por perto as sirenes dos bombeiros e fui dar uma espiada pela janela. É terrível descobrir que o seu próprio prédio está pegando fogo e você está no oitavo andar.

Acordei imediatamente as crianças, molhei bem vários cobertores e desci com minha mulher, todos bem molhados, pelas escadas, me deparando com um desfile de cuecas, calcinhas, gente nua, o povo todo descendo apavorado pela escada abaixo. Uma procissão de refugiados recorrendo à salvação. Felizmente, o apartamento que lambeu fogo estava vazio, e os moradores tiveram tempo de se salvar. Os bombeiros chegaram no horário devido e foram até auxiliados por muitos moradores.

Esquecimentos acontecem em qualquer idade e podem provocar tragédias imensas. O hábito de colocar certos objetos, sempre no mesmo lugar, diminui muito esses acidentes. Crianças são esquecidas em carros, enquanto seus pais fazem compras. Velas são esquecidas acesas e provocam grandes incêndios, principalmente em favelas. Profissionais de saúde esquecem instrumental e gaze no abdômen de pacientes, filhos são esquecidos na porta dos colégios. Eu mesmo estou esquecido para lembrar grandes esquecimentos.

Maridos esquecem o aniversário das esposas. Óculos são esquecidos na testa, batom na cueca, bilhetinhos no bolso. Telefone, luz, água, cortados por esquecimento das contas a pagar.

Alunos, chegando atrasados na prova do Enem. Esquecimento de gás aberto já mandou muito gente pro além. Artistas em motel e até um dentista, nos velhos tempos em que se usava o bico de gás no consultório, foi encontrado com uma cliente, ambos mortos, nus, com inalação. No mesmo apartamento em que passei minha lua de mel, um casal, também em lua de mel, morreu dentro do banheiro, com a torneira do gás aberta.

Dr. Saad, competente dentista, tinha um consultório amplo. Enorme sala de espera, janela voltada para uma rua de grande movimento. Era bem decorada, uma escrivaninha junto à porta, televisão e um enorme sofá verde, muito confortável e até excelente solução para uma boa soneca. Alguns quadros pendurados nas paredes e uma estante repleta de livros e revistas, além das que estavam na sala de espera. Com clientela vasta, sempre encerrava as consultas bem tarde da noite, indo direto para o sofá verde, para arrumar um descanso antes de voltar para casa.

Quando terminava o expediente, o porteiro do prédio, Seu Ary, um velho bem magrinho, baixo e magro, como são quase todos os velhinhos – porque não existem velhinhos gordos, pois todos morrem antes de ficarem velhos (muitas células para o coração trabalhar) – executava a limpeza do consultório. Numa época, em que todos os profissionais de saúde clinicavam com a porta de seus consultórios aberta e porta fechada significava expediente concluído.

O Dr. Saad retirou a máscara com que trabalhara o dia inteiro, as luvas, desligou a autoclave, limpou todo o instrumental e selecionou-o para o dia seguinte, obedecendo a ordem dos clientes marcados. Retirou o jaleco, lavou devidamente suas mãos e deu uma boa suspirada, antes de abrir a porta da sala de espera. Tudo nos conformes diários.

Ao abrir a porta que dava para a sala de espera, surpreendeu-se com a presença de uma de suas belas namoradas, sentada tranquilamente no sofá, produzida e provocante. Cleonice era uma morena linda. Cabelos lisos, olhos bem abertos e um sorriso trabalhado por ele capaz de levantar o moral de qualquer um que estivesse trabalhando o dia inteiro. Até de quem estivesse cansado. Dr. Saad sorriu ao vê-la. Sentou-se no sofá ao seu lado, ainda esbaforido. Cumprimentou-a, respirou profundamente e deixou-se levar por umas beijocas reparadoras.

Conhecera Nice numa festinha de suas clientes e desde então, tornaram-se amigos e mais do que amigos. Muito mais. Mesmo cansado, Dr. Saad não perdia a oportunidade. Provocado então, a oportunidade engrandecia. Com o tesão com que a menina apareceu em seu consultório, aquela hora da noite, inflou-se um agarra- agarra fulminante. Esqueceu-se de que a porta fora fechada por Nice, mas não trancada à chave, apenas batida. Em pouco tempo, os dois já estavam nus, no enorme sofá verde, iniciando uma tremenda trepada, num vai e vem louco e desesperador.

Depois de tanto fuque-fuque, de tanto trepa-trepa, quando o Dr. Saad preparava-se para o gozo supremo, a gloriosa ejaculação, a porra eclodiu. E, eclodiu no exato momento em que a maçaneta da porta girou e deu uma meia volta que mais parecia uma volta inteira. O dentista e a namorada olharam perplexos. Ele não mais se conteve, vendo a porta se abrir inteiramente, brusca e repentinamente.

Num movimento alucinante e desastroso, repentino, abandonou o corpo da amante, perplexa. Ela ainda deitada no sofá verde, enquanto uma rajada de esperma varria o ar, formando um arco, em direção à porta do consultório aberta, indo se chocar diretamente com o rosto do porteiro, o velho Seu Ary, escorrendo pela sua boca, pelo queixo abaixo e até pelo seu jaleco verde. Tragédia.

O silêncio perdurou por muito tempo, como se estivessem num cemitério. Ou pior. Um olhando para a cara do outro, e o porteiro olhando para baixo, observando o esperma descer pelo seu jaleco verde até as calças. Seu Ary, espantado e sem saber se encarava o dentista, a garota, os dois ou o esperma escorrendo. O pobre coitado viera para limpar o consultório e saiu todo sujo. Um acidente desastroso. Esquecera de bater à porta antes de entrar ou julgou que o Dr. Saad já tivesse saído.

Houve um silêncio constrangedor durante muito tempo, enquanto os dois se encaravam perplexos e o doutor, procurando esconder seu pênis, com as mãos cheias de esperma e a namorada ainda sentada no sofá, petrificada. Ficaram assim durante alguns segundos, procurando uma explicação ou saída daquela situação constrangedora, mas preferiram manter o silêncio. Um silêncio sem explicação alguma. Diferente de alguns ou de muitos que significam mais do que muitas palavras. Qualquer indignação poderia piorar a situação, se é que pudesse haver alguma coisa pior.

Restou ao Dr. Saad se despedir do porteiro, mesmo sem pedir desculpas, apenas dando os ombros. Fechou lentamente a porta, não havia como ousar algum procedimento. Voltou-se para a garota deitada no sofá, sem saber o que fazer, que a essa altura, pelo menos, escondia o corpo com o vestido curto. Ele também deu os ombros pra ela, como se nada pudesse fazer. Completou com um sorrisinho sem graça e sentou-se novamente no sofá, ao seu lado. Não terminaram o que estavam fazendo, mas terminaram a noite, limpando o consultório.

O Dr. Saad e o porteiro circunspecto, Seu Ary, ficaram sem se falar durante muito tempo, meses, uma eternidade. Seu Ary continuou a limpar o consultório, recebendo seu salário pela secretária e passou a tocar a campainha de qualquer sala, antes de entrar. Várias vezes. Inúmeras vezes. E o Dr. Saad, depois que encerrava a clientela, nunca mais se esqueceu de trancar a porta à chave. E também de testar, se estava mesmo fechada. Tudo no mais completo silêncio. Um esquecimento que jamais fora esquecido.

Dezenove.
Anúncios sugestivos

"Meu dinheiro só deu pra isso". A placa, fincada à frente de um jardim, justificava a humilde casinha construída numa estreita estrada, também muito simples. Ficava em São Pedro da Serra, interior de Nova Friburgo, caminho para a Bocaina. Assim como essa, inúmeras outras placas, sugestivas, são escritas pelo Brasil afora. Placas, letreiros, avisos, bilhetes, propagandas, para-choques de caminhão e até placas de bronze, junto à mesa de informações, em um hospital de grande importância. Imaginem.

Saindo de Quintino e subindo a Serra para Friburgo, há outra placa, taxativa, já envelhecida, perto de um portão de madeira, afirmando: "Fico aqui". Na cidade de Rio Preto, interior de Minas Gerais, divisa com o Rio de Janeiro, uma prova contundente de machismo, estampada à porta de um banheiro de um restaurante, em letras garrafais: "Nós". E no banheiro ao lado, em letras menores, estava escrito: "Elas". Como se o mundo pertencesse somente aos homens, nós e as mulheres fossem apenas um apêndice.

Numa estradinha de São Pedro da Serra até Santo Antônio, um aviso, alertando: "Cuidado, cachorro em tratamento psiquiátrico, ainda sem diagnóstico". Todos dignos de fotografia, com humor, e não apenas o registro mental somente.

Em Poços de Caldas, também interior de Minas, vi uma camiseta, vestindo um cara diferente. Uma inscrição chula chamava a atenção: "Sou da filosofia da vaca, tô andando e cagando". Uma afirmação pra lá de filosófica e talvez, um bom conselho para os neuróticos.

Há riquezas literárias nos para-choques de caminhão. Uma pesquisa realizada no Brasil, nos bons tempos em que essas frases eram permitidas, o machismo também estava presente com a inscrição: "A única mulher que andou na linha o trem matou". Essa, constatada pessoalmente, pode alcançar um primeiro lugar, bem distanciada das outras. Nas pesquisas, lógico.

O cronista que agora escreve, certa vez, dirigindo-se à Região dos Lagos, trafegava na traseira de um enorme caminhão e tentava cortá-lo a todo instante e a todo custo. Isso durante alguns bons quilômetros, pela estrada afora. Pela esquerda, o que seria certo de acordo com as leis de trânsito.

Houve inúmeras tentativas sem sucesso, o cara não me deixava ultrapassar de maneira alguma, mesmo em retas quilométricas e sem tráfego no sentido contrário, de Rio Bonito a Araruama. Até mesmo a ultrapassagem pela direita foi tentada, mas o motorista do caminhão não permitia. E a situação persistiu durante muito tempo, por longo espaço de estrada.

Pelo menos, num lance mais audacioso, foi conseguido. Ultrapassei com muita perícia, cuidado e precisão, para poder me livrar do que estava escrito no para-choque daquele caminhão sacana, bem à frente. Até fiz a tentativa de ultrapassar o cara pela direita ou pelo acostamento, ferindo as leis de trânsito. Estava disposto a pagar pelas consequências. Estava escrito no para-choque traseiro do caminhão: "Tem um corno me seguindo".

O mais famoso humorista da televisão e do rádio, Chico Anysio, contava uma história sutil, bem interessante mesmo, ocorrida numa cidadezinha do interior do Ceará. Uma frase provocou um reboliço total, com os dizeres: "Eu quero é rosetar". Rosetar, para quem não conhecia, naquela época, tinha uma conotação diferente da real. Isso acarretou um problema social, muito sério, na comunidade. Todas as autoridades do local tomaram várias providências para que o motorista retirasse aquela inscrição obscena, desfilando tranquilamente por toda a cidade.

Todos da cidade tentaram fazer algo sobre o assunto: associação de moradores, associação comercial, amigos da cidadezinha, igreja, posto policial, o diabo. Porém, ninguém conseguia demover o cara da ideia de ter aquela frase no para-choque do seu caminhão. "Eu quero é rosetar". Indecência pura. Sacanagem. Absurdo social e religioso. Até que a polícia, finalmente, resolveu assumir o caso e fez o caminhoneiro retirar a frase.

Alguns dias depois, a cidade festejava a vitória sobre o motorista do caminhão, indecente, com uma bandinha na praça principal. Tocavam os mais animados dobrados, numa euforia imensa pela vitória conseguida contra o motorista. Eis que alguém começou a ouvir o ruído, bem de leve, do caminhão maldito. Percebia-se o barulho ao longe, mas se aproximando.

O baile na praça estava animado, bandeirolas por todo o lado, barraquinhas enfeitadas. A alegria reinante imperava, até que, de repente, um silêncio absoluto passou a reinar. A bandinha parou de tocar e todos na praça passaram a ouvir somente o barulho do motor, baixinho, lento. Cada vez, o ronco do motor aumentava mais, se aproximando.

Um grupo de pessoas, desapontadas, foram para junto do meio-fio da praça, vislumbrando o veículo que se aproximava lentamente. O tec-tec-tec chegando e bem perto de todos. Com os olhos fixos e completamente arregalados, podiam ler o que o motorista, não conformado, escrevera, desta feita, no para-choque: "Continuo querendo".

Inúmeros cartazes têm erros de português. Erros grosseiros em avisos, bilhetes, letreiros, faixas, propaganda auditivas, como no rádio. Foi fotografada, numa placa de bronze, exposta junto à mesa de informações, de um hospital em Niterói, a seguinte pérola: "Inaugurado durante o biênio 1938 a 1943".

Nem uma enciclopédia daria para enumerar tantos erros ou mesmo inscrições corretas, mas sugestivas. Quanto às placas de caminhão, nenhuma superou a interessantíssima, romântica e única, avistada na estrada Friburgo-Teresópolis: "Quatro pneus cheios e um coração vazio". Também não se pode esquecer da frase encontrada no cemitério de Baependi, interior de Minas, logo na entrada: "Fui quem és, serás quem eu sou". Tétrica, mas está lá, na porta do cemitério. Os anúncios também contribuem para o mau gosto na escolha de frases nada felizes:

"Veja o ilustre passageiro
Belo tipo faceiro
Que o senhor tem a seu lado
No entanto, acredite
Quase morreu de bronquite
Salvo pelo Rum Creosotado".

A propaganda estava escrita em todos os saudosos bondes, bem à frente dos passageiros e se tornou célebre em épocas remotas. O que deu ensejo a um versinho, escrito nas paredes dos banheiros sujos, nos botecos cariocas e também, em muitos restaurantes sem higiene. Chulo, mas vale a pena citar:

"Veja, o ilustre cagador
Que banheiro indecente
Em vez de a gente cagar nele
Ele que caga na gente".

Vinte.
Fumar não é preciso

Não há quem não tenha medo de barata. Homem também. Enfrenta um leão no picadeiro, uma mulher chata, um filho malcriado, um bandido com um revólver, mas foge de uma barata. Incrível. Talvez, pelo asco que ela provoca e pelo fato de que sempre corre em nossa direção quando queremos nos livrar dela.

A maior arma contra uma barata não é um canhão, não é um martelo e sim, um simples chinelo. Desses que a gente usa diariamente em casa. Uma chinelada resolve. Bem dada. Chinelo é bom para caminhar no piso limpo também, por ser bem confortável e ainda serve para dar umas boas chineladas em alguém que sai da linha. Os machistas consideram a chinelada uma boa transa. Tudo bem, ou mal, não sabemos.

Dona Cândida, a Candinha, usava sempre o chinelo para matar baratas, sua arma preferida. E não foi trepada que ela recebeu. Quando uma barata apareceu na sua cozinha, ela se apavorou. Jogou o chinelo para fora do pé direito, pegou-o rápido no chão e correu atrás dela, que já ia sumindo por baixo da mesa da sala de jantar. Como já tinha alguma experiência com a arma, alcançou-a e deu-lhe uma tremenda porrada, acertando de primeira. Tinha uma boa mira.

Periplaneta Americana, nome bonito que a ciência colocou naquele inseto nojento e feio, ficou duro no chão, meio esmagado, tão imóvel quanto um amante dentro do armário. Tão repugnante, que Dona Candinha pegou no banheiro um pedaço de papel higiênico, dobrou-o bastante, agachou-se e, com todo cuidado, suspendeu-a pelas antenas e a jogou dentro do vaso sanitário.

Puxou demoradamente a descarga e aguardou que o inseto desaparecesse pelo esgoto abaixo, fosse pras picas. Olhou para o vaso e percebeu que o papel higiênico submergiu, mas a barata, não, talvez por ser muito leve e o papel molhado, pesado. Ficou chateada. Repetiu a operação várias vezes, mas a barata não desceu e o pior, ficou se mexendo, como se ainda estivesse viva. A repugnância aumentou, não tinha coragem de tirá-la do vaso para assassiná-la melhor. Afinal, o que fazer? A sacana não morre.

Dona Candinha se cansou de tanto tentar afogar o teimoso e resistente inseto. Mas, teve uma brilhante ideia.

Naquela época, não havia quem não tivesse em casa um gramofone, depois vitrola, moringa, escovão, licor de jenipapo, máquina de costura Singer, geladeira Frigidaire e também, removedor Faísca. Não deu outra, a ideia fora genial. De tanto nojo da barata, que não morria nem a pau, derramou a lata quase todinha do removedor dentro do vaso sanitário, para matá-la de vez.

Depois, então, a pescaria e jogaria numa lata de lixo qualquer, desde que não estivesse mais se mexendo. Derramou o removedor e se benzeu, diante da reprodução da Ceia de Cristo, pendurada em cima da porta, presença obrigatória em todas as residências suburbanas. A mais reproduzida pintura de Leonardo da Vinci, em todos os tempos, o cara.

Que maldita! Agora, com todo esse querosene, espero que ela morra de vez, pensou. Logo após, foi tratar de outras tarefas, inclusive preparar o jantar do marido, que deveria chegar em breve.

Os rituais são muito importantes na vida das pessoas. Basta apenas ter inteligência e capacidade para libertá-los da rotina, para que se passe a ter um interesse, barato e não, barata! Um prazeroso lazer que faça parte integral da vida de cada um. Do corriqueiro. Felicidade não custa muito. Precisa ser uma conquista individual e os rituais são atitudes, ações, muitas vezes simples, que trazem normalmente um mundo de felicidade, alegria, satisfação.

O ritual do cumprimento, do bom dia, boa tarde e boa noite, o ritual do sorriso, do chopinho no bar preferido, apreciar um barquinho navegando ao por do sol. Sentar-se num banco da praia e comer um cachorro-quente, olhando o mar. Dá mais felicidade do que comer num restaurante de luxo, tudo pode ser um ritual e todos são repetidos, porque trazem felicidade. Não custam nada. A repetição com alegria é que os torna rituais, como os das próprias religiões, das meditações, dos exercícios, da bênção dos pais, enfim, os rituais são o legado do prazer.

O marido da Dona Candinha também tinha um ritual. Não fugia à regra. Cumpria sempre a mesma coisa, o que lhe trazia muita felicidade. Saía do trabalho, numa loja, no centro da cidade. Cansado, pegava o trem da Central, saltava na estação de Quintino Bocaiúva, atravessava a esquina e chegava à sua residência, todos os dias, da mesma maneira.

Subia os degraus até o sobrado, penetrava na sala, cumprimentando a mulher, mesmo de longe. Dava uma batidinha, com a ponta dos dedos, no jornal Diário da Noite, comprado no jornaleiro da estação, novinho em folha, e ia imediatamente para o banheiro, realizar suas necessidades fisiológicas, ou melhor, a cagada diária, tradicional. Um ritual, após a chegada do trabalho, no local certo e no momento certo. Hábito que realizava durante mais de vinte anos.

Foi o que ele fez aquele dia. A mesma coisa. O mesmo ritual. Como um cliente, com o ritual de cagar todos os dias, em quaisquer circunstâncias, dentro ou fora de casa, no lugar em que estivesse, sempre na mesma hora. Sete horas da manhã. E chegava a colocar despertador. A forma como se consegue felicidade não se discute, por mais inusitada que seja, desde que não prejudique seus semelhantes.

O marido da Dona Candinha levantou o tampo do vaso sanitário, recostou-se preguiçosamente nele, com a bunda devidamente assentada no lugar certo. Abriu o jornal, primeiro na parte dos esportes e respirou profundamente, repleto de alegria e prazer, dando um sorriso reparador, olhando as notícias. Descanso merecedor.

Esperou alguns segundos, respirou profundamente, mesmo nas circunstâncias. Pegou um cigarrinho no maço, dentro do bolso da calça arriada, pensou no jantar gostoso que a mulherzinha já estava preparando pra ele e sorriu novamente. Nada mais gostoso, nada mais tranquilo, felicidade nota dez.

Depois de respirar profundamente, acendeu um fósforo, levou a chama até a ponta do cigarro, deu uma boa e demorada baforada e jogou o fósforo, ainda aceso dentro do vaso sanitário, abrindo as pernas e Boooooom!

Explosão total. Pode ser ouvida até em Cascadura. Ou no Méier. As guimbas de cigarro, jogadas pra cima, chegaram a colar no teto do banheiro, como estrelas incandescentes. O Diário da Noite virou bandeirola, esvoaçando pelo ar. O rabo do Seu Ventura mudou de lugar e foi deslocado para a direita.

Os colhões, coitado, se espatifaram, espalhando sangue por todo o interior do vaso, misturado com cocô. Um desastre. Fatalidade. Uma fumaceira lotou todo o espaço do interior do banheiro.

Dona Candinha correu logo para o local do estrondo, mas a porta estava fechada. Ninguém caga com porta aberta. Os vizinhos do apartamento de baixo foram os primeiros a chegar e julgaram que a explosão fora com o bujão de gás. Mais outros chegaram e conseguiram arrombar a porta do banheiro.

A cena foi lamentável. A explosão ocorreu bem embaixo das partes baixas do Seu Ventura, as bolas acabaram virando almôndegas e o bilau, uma salsicha já cozida. O barulho assustou a vizinhança, que também correu para o local, curiosa. O banheiro ficou mais sujo do que pau de galinheiro.

Seu Ventura estava desmaiado quando conseguiram arrombar a porta. A ambulância fora chamada às pressas e realmente não demorou, tal a gravidade do acidente. Quando o médico chegou, acompanhado de dois auxiliares de enfermagem, imediatamente aplicou um sedativo analgésico. Enquanto isso, os auxiliares protegeram as partes queimadas com bastante cuidado, gaze estéril e um fraldão.

Depois dos primeiros socorros, com todo o cuidado, o colocaram numa maca e o conduziram até o pequeno corredor com acesso para a escada de madeira, que conduzia até o primeiro andar.

Logo no primeiro degrau, os maqueiros se entreolharam, perplexos com aquela situação inusitada, até certo ponto ridícula, diferente, vendo o pobre do homem com o rabo e os bagos arrebentados. Eles não conseguiram se conter, um deles soltou uma tremenda gargalhada, se descuidando e soltando uma alça da maca.

Enquanto o médico acertava os detalhes com Dona Candinha, o outro maqueiro, não conseguindo suportar todo o peso do Seu Ventura, deixou o homem cair pelas escadas abaixo, rolando aos trancos e barrancos, quicando pelos degraus abaixo. Foi um Deus nos acuda.

O acidentado foi levado para o Hospital Salgado Filho, no Méier, junto ao famoso Jardim do Méier, local preferido para os discursos dos comícios políticos. Além das queimaduras, fraturou duas costelas, um braço e dois dedos. Ficaria bom, mas seria internado por um longo tempo.

Depois desse dia, sua casa passou a ficar cheia de gente. Seu Zezinho Xinxarrabelho, seu cunhado, um cara baixinho e muito simpático, juntamente com a irmã, recebia a todos e informava sobre o estado de Seu Ventura. Todo mundo queria notícias das genitálias dele, a parte da frente e a parte de trás, com as fofocas a respeito, iniciando a tomar vulto pelas redondezas.

– O pior de tudo, é que ele, se não puder funcionar pela frente, talvez, não possa nem por trás – comentavam alguns vizinhos, tirando sarro do acontecimento. Impiedosamente.

– Que é isso, cara? O fato de o sujeito não puder mais comer não quer dizer que tenha que dar o rabo – defendeu outro.

– É mesmo, rapaz, eu já ouvi dizer que quando se perde o tesão na frente, ele passa para trás.

Os comentários sobre a situação bilal e rabal do Seu Ventura eram os mais variadas, enquanto Seu Zezinho ia todos os dias ao hospital para trazer notícias e sempre prognostica favoravelmente.

Durante o tempo em que estava no Salgado Filho, Seu Ventura meditava bastante e não conseguia desculpar Dona Candinha, por ter derramado a lata do removedor dentro do vaso sanitário, para matar uma simples barata.

Enquanto no hospital, restava ao Seu Ventura meditar.

– Já imaginou, eu ter que perder o meu bilau por um motivo tão ridículo? Imaginou? Ela vai ter que pagar, porra, não consigo aceitar, ela vai ver.

Os dias foram passando e Seu Ventura, alimentando a bronca que iria dar na mulher quando voltasse do hospital, inclusive do que estariam comentando os seus amigos e vizinhos, que, na certa, iriam lhe sacanear. Conhecia bem a todos e sabia que deveria ser o assunto preferido deles. Tinha toda razão.

A alta foi concedida, finalmente, com influência do Doutor Alcione, e Seu Ventura voltou para casa, sendo recebido por uma comitiva gigantesca. Toda a vizinhança estava presente. E todos, sem exceção, observando diretamente as genitálias de Seu Ventura.

Por via direta, a curiosidade dos vizinhos dirigia o olhar para as partes mais atingidas da vítima. Olhavam justamente para frente e para trás, o que realmente correspondia à sua bunda e ao seu bilau. Pela escada, Seu Zezinho e os amigos o auxiliaram a subir. Andava de pernas bem abertas e teve dificuldade de ultrapassar os degraus, abandonando as muletas e soltando alguns palavrões.

– Já imaginou, se vou ter que andar sempre assim, de pernas abertas? – disse para um dos amigos que o ajudava a subir.

Foi um sacrifício conduzi-lo até o sofá, no canto da sala. Os vizinhos olhavam penalizados. Alguns até chegaram a apostar que dali em diante ele estaria estéril. Não daria mais para ele. Sugeriam os mais variados prognósticos.

– Será que aquele troço, que virou uma linguiça, ainda vai funcionar? – comentou o vizinho de baixo, sob o olhar crítico e observador do Seu Zezinho.

– É, a explosão foi grande, destruiu tudo.

– Toma cuidado, Zezinho, já tem gente até de olho na Dona Candinha.

– E as bolas, Zezinho? Quem viu disse que tão menor que bolinha de gude.

Seu Zezinho procurou tudo contemporizar. Seu Ventura, deitado no sofá, aguardava que a esposa lhe trouxesse alguma coisa para beber e estava pronto pra soltar os cachorros, ali, na hora. Dona Candinha também se aproximava, mas bem temerosa. Assim que ela chegou junto e falou?

– Tu tá vendo, mulher, o que você fez comigo?

– Eu não fiz nada – defendeu-se Dona Candinha, benzendo-se. – Você, sim é que vive bebendo e fumando. Noutro dia, me disseram que também estava jogando no bicho. Puxa, quanto dinheiro jogado fora. Dá até pra ir a São Lourenço.

- Ir a São Lourenço? Pra quê? Beber água mineral? Ora, bebo ali no boteco do Zé. E quem disse que eu ando jogando?

Dona Candinha pensou, arregalou os olhos para o lado do irmão e denunciou de vez:

- Noutro dia, viram você num boteco do Méier, bem no balcão, tomando um copo de cachaça, fazendo o jogo do bicho e fumando esse maldito cigarro. Três vícios de uma vez só. Vício e desperdício de dinheiro.

- É, cunhado, três vícios de uma vez cai mal - disse Seu Zezinho, temeroso, mas com mais coragem agora, pela situação do cunhado.

- Isto aqui tá um inferno - berrou Seu Ventura, blasfemando sobre o cunhado e dobrando o punho para baixo de uma das mãos, insinuando viadagem. Tinha pinimba com o cunhado tímido.

- O inferno é você, que não para de fumar, até quando está cagando tem que fumar. Estou sempre te aconselhando- respondeu o cunhado, irritado.

- Enfia o conselho no rabo. Eu também te aconselhei a matar barata direito, não era preciso colocar querosene no vaso, porra. Era só dar uma porrada firme com o chinelo e não ficar com medo de ela subir pelo vaso e morder teu rabo. Agora, sou eu que tô com o rabo todo queimado.

A discussão durou muito tempo, até que se acomodaram com a chegada de outros vizinhos. Cada um trazia alguma coisa para brindar a chegada do Seu Ventura, o homem sem bilau e sem bunda. Uma viúva até lhe trouxe um buquê de flores e um sorriso, de quebra.

- Pois é, Seu Ventura, muitas vezes o vício traz muitas consequências - filosofou o vizinho de baixo.

- O cigarro, principalmente - acrescentou Seu Zezinho. - A própria Organização Mundial da Saúde alerta todo mundo pra isso. Informaram até que foi o flagelo do século passado.

- Eu sempre venho dizendo isso a ele, Zezinho. O cigarro faz muito mal aos pulmões.

Seu Zezinho deu uma longa espiada dos pés à cabeça de Seu Ventura, deitadão no sofá, e com uma cara de quem não tinha nada a temer. Repassou o olhar por todos os vizinhos, encarou a viúva recém-chegada e concluiu, com classe e alguma sabedoria médica, depois de dar uma última espiada no cunhado:

– Não aos pulmões, Candinha, mas também ao cu e aos colhões.

Vinte e um.
Incrível coincidência

Fato real. Coincidências acontecem. Por mais que sejam confundidas com o acaso, elas acontecem. No mundo inteiro. Em qualquer lugar, a qualquer tempo. Espaço e tempo. E na esquina das ruas, também. Exatamente na esquina da minha rua. Uma coincidência incrível, testemunhada por Fred Fundibila e Dario Coleiro.

A esquina era formada por cinco ruas que ainda não tinham sido calçadas. De terra pura. E lama. Todas no local, a não ser as que beiravam a estrada de ferro. A lama tomava conta quando chovia ou fazia sol e não se concertava o sistema de águas, era uma calamidade. Ausência das autoridades, que só ligavam para a Zona Sul.

Uma das ruas, a Barros Leite, estava num estado lastimável, bastante enlameada e irregular, com aclives e declives em toda a sua extensão, principalmente na esquina. Num dia horrível, por ela subiram dois cegos, muito lentamente, de bengala, em direção à esquina. Ao mesmo tempo e na mesma direção, só que em sentido contrário, desciam a rua dois amigos, juntos também.

Perto, bem perto do local em que os quatro indivíduos se encontravam em férias, alguns amigos jovens batiam papo. Sentados, numa calçada em frente, precisamente na calçada do carteiro, Seu Alexandre. Despreocupados.

Com a dificuldade de caminhar pela rua, esburacada e enlameada, os sentidos bem apurados dos quatro os conduziram através de um trecho mais seco, levados também pelo fenômeno da intuição, adquirida em função das suas necessidades, reciprocamente.

Assim que os quatro se encontraram bem perto uns dos outros, pararam, até já sentindo suas respirações.

Os dois cegos perguntaram:

– Amigos, por favor, podem nos informar em que rua nós estamos?

Um silêncio prolongado foi a única resposta.

Os cegos insistiram:

– Por favor, amigos, que rua é esta?

Mais silêncio.

– Poxa, vocês não estão ouvindo? Não percebem que nós somos cegos? Estamos perdidos, só queremos saber onde estamos.

Sentado na calçada, o grupo de amigos tudo presenciava. Estavam indecisos, quase tanto quanto os quatro, que já não sabiam o que fazer.

Mais silêncio.

Um dos amigos, Dario Coleiro, percebendo aquele constrangimento, levantou-se da calçada e partiu em direção aos quatro. Aproximou-se dos dois cegos, colocou suavemente uma das mãos sobre o ombro de um deles e esclareceu, lamentando, já que conhecia os outros dois que iam descendo:

– Desculpem, desculpem mesmo, amigos. Eles não podem responder. São surdos-mudos.

Vinte e dois.
Macumba na encruzilhada

Todo mundo vive inquieto, procurando uma resposta para a sua existência. Algum significado que possa esclarecer a sua verdadeira razão de vida, para que possa ter algum significado. Por isso, religiões são necessárias, assim como são necessários Deus, santos, mistérios, fantasmas; o virtual; os loucos e os sãos, o santo, e até, o próprio Diabo. Macumbas, também, na encruzilhada.

A deusa da verdade, a realidade, normalmente é preterida por fazer sociedade com a razão, e é passível de ser substituída pelos mais diversos fenômenos simulados pelo sobrenatural.

A religião é ou deveria ser uma busca para se encontrar a felicidade, seja qual for a crença. Talvez, até a tentativa do encontro consigo próprio, mesmo que isto seja uma forma de vender a solidão. Encontrar a si mesmo já é uma forma de não estar só.

De um modo geral, não existimos para nós mesmos. O universo é interdependente. Por sermos todos diferentes, isso é um fato, não uma crítica, são inúmeros os caminhos que se unem nas relações humanas.

A macumba ou trabalho, às segundas-feiras nas esquinas, é uma forma de unir as pessoas, normalmente para o bem, mas também tem o lado mau, infelizmente. Creio que fará bem a quem desejar o bem e mal a quem desejar o mal. Como o princípio físico da ação e reação.

O Dia das Almas, segunda-feira, o mais distante do fim de semana, o mais execrado. O ritual se perpetua, à noite, com um despacho colocado nas esquinas, principalmente em encruzilhadas. A esquina da minha rua, mesmo sendo movimentada, era um ponto certo e preferido, completamente adequado.

Serviço completo, com galinha, farofa, a danada da cachaça de segunda, ou até mesmo de primeira, e doces, como sobremesa. Só faltava bacalhau, mas essa delícia só em macumba europeia.

Talvez, em macumba de rico. E, há macumbas que dão inveja. São verdadeiros banquetes. Tem de tudo.

Constante é a cachaça: Cinquenta e um, Praianinha, Caranguejo; Pitu; A que matou o guarda, Levanta pau, os mais diversos nomes, de acordo com a preferência do biriteiro.

Nas madrugadas de segunda para terça-feira, uma figura, não tão estranha, varava a noite do bairro. De esquina em esquina, com sua caminhonete negra, recolhia todas as garrafas de cachaça, com um enorme saco benzido na Igreja de São Jorge. Lucro certo para o armazém, inclusive com a economia dos cascos da garrafa.

Pela manhã de terça-feira, contabilizava o lucro, sorrindo, batendo com as mãos no saco bento, cheio de garrafas, as mais diversas marcas. Benzadeus! Sexta à noite, o lucro era bem maior, pois a pinguçada se reunia ao pé do balcão de mármore, no bar do seu Pereira, outrora branco. O balcão era encardido de cachaça derramada para o santo, e o campeão era sempre São Jorge. Enxuto, constantemente, com um pano centenário, quase diluviano, consequência dos brindes obrigatórios do fim de semana.

A aguardente era sempre servida num copinho tradicional, miniatura do copo de cerveja, que também era utilizado para os pinguços-padrões, que devoravam, de uma vez só, todo o conteúdo do copo lastrado. Qualquer comerciante, que tentasse servir cachaça numa caneca ou mesmo num copo, tipo tulipa, perderia a freguesia para sempre. Cada bebida tem o recipiente próprio. Alguns até variam.

Certa vez, Seu Pereira, de sacanagem, tentou servir um pinguço tradicional numa xicarazinha de café, com desenhos floridos. O pinguço provocou uma tremenda confusão no armazém, querendo sair na porrada, ameaçando dar queixa no distrito do Encantado, alegando que Seu Pereira havia insinuado que ele fosse fresco.

Seu Alcides sabia, como bom bebedor, que toda bebida tem o

seu frasco preferido, e toda sexta-feira lá estava ele, com todo o grupo amigo, bebericando sua cachacinha de fim de semana, a de fé. Reunião que, por vezes, se prolongava mesmo, até o início da segunda-feira, mas a cana sempre variava de marca, dependia da sua inspiração no dia.

– A noite está propícia – disse. – Seu Pereira, vou mudar de cana hoje. Abre aquela ali, aquela ali, na segunda prateleira. É, essa aí, mesmo. – Permaneceu apontando com os dedos, desenhando com os olhos o que desejava.

– Levanta Pau, Seu Alcides? É essa mesma que o senhor deseja? Essa é da boa, mas o senhor não está precisando, está? – falou Seu Pereira sorrindo, lembrando da esquina onde fora recolhida.

A turma voltou as vistas para Seu Alcides, enquanto Seu Pereira ia catando, de garrafa em garrafa, a nova preferida, com desenhos nada adequados para aquela época.

– É essa aí, mesmo.

O grupo piscou o olho, esquisito, entreolhando-se, enquanto Seu Pereira servia mais uma da fábrica da esquina.

– Levanta pau mesmo, Seu Alcides? – berrou, para que todos ouvissem.

– Isso mesmo, Seu Pereira! Quanto mais, melhor – confirmou, apontando o copo maior, em cima da pia.

Os amigos permaneciam juntos, ao lado do balcão.

Seu Alcides segurou com certa delicadeza o copo de vidro e, de uma vez só, ingeriu a cana amarelinha, mas antes, como de hábito, serviu ao santo. Derramou o primeiro gole na calçada, longe dos olhares do grupo, ao invés de derramar no balcão branco, encardido de cachaça.

O ritual acontecia toda sexta-feira, no armazém do Seu Pereira, na esquina da João Barbalho com Travessa ou Rua Guerra, que não era travessa coisa nenhuma e sim, uma rua mesmo. De pé, junto ao balcão todo encardido, outrora branco, o grupo de moradores se reunia para comentar os acontecimentos da semana. Muitas vezes, os fatos eram repetidos por falta de assunto ou o aparecimento de pingas diferentes, colocadas à prova.

Todas as fofocas eram ali analisadas. Surgiam na barbearia do Martins e ali eram confirmadas e criticadas, como num consultório de psiquiatria ou mesmo, na sala de um fórum jurídico. Caso aparecesse algum estranho, com um assunto novo, era encarado com indiferença, pois podia tratar-se de algum intelectual.

Vez por outra, a mulher de um ou outro aparecia para checar a presença do marido. As mulheres também entravam para comprar alguma coisa, constrangendo até Seu Pereira, que contornava tudo com um falso sorriso, com dentes apertados, ou um agito ligeiro nas calças largas.

Bigodudo, Seu Alcides chegou mais tarde numa sexta-feira, figura obrigatória que era nas reuniões. Os amigos sabiam que sorria pelas pontas do bigode levantadas, já que quase não abria a boca quando falava, e os dentes não apareciam quando sorria, assim como os do Seu Pereira. Silenciosamente, passou pela porta do armazém, sério, sem movimentar o bigode, e deu uma olhadela nos amigos, de copo nas mãos, desconfiados. Chamou Seu Pereira e ordenou bem alto, como se o bigode falasse:

– Dose dupla de Levanta o pau!

E, tomou tudo, de uma vez só, numa rapidez impressionante, com os amigos observando, de boca aberta e com os copos nas mãos.

– Alcides, você esqueceu a do santo, a da fé. São Jorge pode lhe castigar.

Seu Alcides soltou um bafo, antes de responder.

– Cachaça de qualidade não é pra se desperdiçar com santo – afirmou com sabedoria.

Enquanto Seu Pereira assinalava com a cabeça que sim, batendo com uma das mãos em cima da chapinha.

Sempre atento, Seu Pereira observava o papo dos fregueses, preocupado com o estoque escasso das macumbas, já que a saída era muita. Estava sem estoque, mesmo batizando a bebida com água, que era o que não faltava, desde que o prefeito inaugurara uma caixa d'água em cima do morro que dava para o bairro da Piedade.

As canas foram caindo no gosto da turma, e Seu Pereira se virava pelas madrugadas, catando as biritas nas macumbas. À água e ao álcool, acrescentava também açúcar, melhorando incontestavelmente o sabor. Não fosse a diabetes, provavelmente ele acompanharia também os pinguços. Dava inveja vê-los beber sem se embriagarem.

Parecia estranho, mas o maior consumo de cachaça passou a ser o das que ele roubava das macumbas, principalmente o da Esquina da Minha Rua. Depois que o estoque terminou, passou a percorrer todas as esquinas do bairro e adjacências.

Um boato começou a se espalhar pelas ruas, principalmente entre os pinguços. Diziam que uma determinada cachaça do Seu Pereira tinha propriedades afrodisíacas e que levantava de fato o pau. Numa época, em que nem se pensava em descobrir o Viagra, nem o Tadalafila, entre outros. O acontecimento tomou vulto gigantesco, com Seu Pereira tendo que se virar a todo custo, procurando por todo o Rio de Janeiro a empresa que fabricava as tais cachaças.

Chegou a viajar a Miguel Pereira, a procura do Museu da Cachaça, e foi aconselhado a procurar a Empresa Socácia, grande produtora da bebida, na Rua Vinte e Quatro de Maio. Chegou até aos infernos, o lugar preferido dela, até que encontrou algumas garrafas. Colocou o novo estoque nas prateleiras, com preço já bem maior.

Crispin Xinxarrabelho era um nome esquisito, tão esquisito quanto complicado. Baixinho, óculos de fundo de garrafa, com os fundilhos das calças caindo à altura dos joelhos, vestindo sempre um blusão com listras verticais, também abaixo dos fundilhos e dos joelhos.

Amigo íntimo do Seu Alcides, confidenciava em pinga-gotas

os seus maiores problemas, inclusive que não sabia mais o que fazer, que não conseguia mais transar com sua mulher de jeito algum. Já tentara de tudo, até trouxe da Feira de São Cristóvão, inaugurada recentemente, uma garrafada especial, com uma minhoca dentro. Pagou uma nota preta, mas de nada adiantou.

Muito religioso, Seu Crispin pertencia à Igreja Batista e se reunia todos os domingos, à tarde, na pracinha de Quintino, numa rodinha modesta, para a leitura do evangelho. Uma rodinha, com no máximo umas dez pessoas. Hoje, isso se transformou numa verdadeira multidão, multidão mundial, com templos magníficos e gigantescos.

Os dois amigos encontraram-se numa quinta-feira, na esquina, à noitinha, junto ao poste de iluminação, no regresso do trabalho. Seu Xinxarrabelho, como sempre, de cabeça baixa.

– Como vão as coisas em casa, Crispin? – perguntou Seu Alcides, no meio da conversa.

– Continuam na mesma, Alcides – respondeu desanimado. – Você é meu amigo e sabe o que tá acontecendo comigo. Não adianta.

Seu Alcides era seu amigo de fato. Gostava do Seu Crispin Xinxarrabelho quase tanto como gostava das talagadas. Lembrou-se, então, dos comentários da Levanta Pau, que ele mesmo experimentou e se deu bem. Recordou-se dos resultados honestos, ou não, somáticos ou psíquicos, que a turma enaltecia, bem como o povo.

A bebida fora aprovada inteiramente, e não custava nada convencê-lo a mais uma tentativa. Pensou e meditou um pouco, meditou mais do que pensou, colocando a mão no queixo e, de chofre, perguntou:

– Já tentou de tudo, Xinxa?

– De tudo, Alcides.

– Já tentou a Levanta Pau?

– Hein?! Levanta Pau? O quê?

– Isso mesmo, Xinxa, Levanta Pau.

– Porra, Alcides, o que é isso?

Seu Alcides teve mais calma ainda para esclarecer.

– É uma cachaça, Xinxa, uma cachaça. E todo mundo que tá tomando, tá satisfeito, dizendo que dá resultado, como o nome diz. Não custa nada experimentar.

O tombo seria pequeno, mas Seu Xinxarrabelho quase caiu duro. Era bíblia desde moço, por causa dos pais católicos, mas converteu-se à Igreja Batista por curiosidade, num domingo à tarde, na pracinha de Quintino, quando se reuniam.

Vinha de uma viagem de trem, após o enterro de um parente. Ao passar pela praça, nem soube o porquê, talvez por estar fragilizado, começou a tomar parte da reunião. Gostou e voltou a participar inúmeras vezes, sentindo-se bem, e seguindo todas as normas da religião, inclusive, abstinência alcoólica.

– Alcides, isso tá fora de cogitação. Nunca mais bebi, nem cerveja, quanto mais cachaça, desde os meus vinte anos. Prefiro ficar assim – concluiu Seu Xinxa.

– Tudo bem, tudo bem, você é que decide.

O tempo foi passando. Os comentários sobre os resultados da cachaça do Seu Pereira foram se espalhando por todo o bairro. Chegaram aos ouvidos do Seu Crispin, que, a cada dia, sentia mais falta de sexo, subindo pelas paredes como lagartixa, vivendo o seu drama particular.

Por ser um sujeito consciente, Crispin sentia pena da esposa, sabia que ela jamais o trairia, sentindo-se culpado com toda aquela situação. Para salvação de seu casamento, chegou a pensar nela, transando com outro cara qualquer. Mas o ciúme era tão grande, que até se esbofeteava quando pensava nisso. Nem cumprimentava mais Seu Alcides, passando por ele e abaixando a cabeça, como era costume. Vivia seu grande drama. O instinto ou a religião. O prazer ou a culpa. A existência ou o convencional.

Chegou, certa vez, a consultar um pastor da sua religião, que o proibiu terminantemente de tentar o pecado. Não! O drama permaneceu durante muito tempo, uma autêntica guerra entre o ser e o não ser, entre a vida e o nada. Talvez, até entre o imoral e o moral.

E sumiu do mapa. Desapareceu. Seu Alcides não conseguia mais encontrá-lo. Em lugar nenhum. Depois do trabalho, saltava do trem e voltava, caminhando vagarosamente para casa, na esperança de encontrá-lo. Chegava a parar em seu caminho por alguns minutos, para se expor e ser avistado por ele, mas nada conseguia. Só não tentava bater à sua porta ou perguntar à esposa por ele, pois podia estar magoado. Deixou que as coisas permanecessem assim mesmo. Quem sabe, as circunstâncias resolvessem.

O grupo dos pinguços continuava a se encontrar todas as sextas-feiras, no balcão encardido do armazém do Seu Pereira. Numa dessas noites, com Seu Alcides de costas para a porta de entrada, a pinguçada levantou o sobrolho, espantada, observando um sujeito estranho.

O homem era baixinho, não tão estranho a todos, com a cabeça erguida, tanto quanto um obelisco. Entrou no armazém, em direção ao seu amigo. Seu Alcides virou-se repentinamente, para espanto dos outros e deparou-se, surpreso, com a figura sorridente do Seu Crispin Xinxarrabelho. Cumprimentou-o, no que foi avidamente correspondido.

– Algum intelectual? – perguntou um dos amigos de copo, desenhando com o olhar e a mão em direção a Seu Crispin.

– Não, não – disse Seu Alcides, meio sem graça. – É meu amigo. Aliás, nosso vizinho, mas ele não bebe, nunca bebeu. É um sujeito bom, mas é bíblia, não bebe não. Não é mesmo, Xinxa?

Os amigos ficaram observando. Um deles confidenciou alguma coisa no ouvido do Seu Alcides.

– O nome dele é Xinxa?

– Não. Não, vou apresentar meu amigo a vocês. Crispin Xinxarrabelho, nosso vizinho, que quase não aparece e nem bebe, mas é legal.

– Se fosse eu, com um nome desses, beberia pra cacete – confidenciou outro amigo, ao pé do ouvido.

Seu Crispin Xinxarrabelho parecia diferente.

– Hoje, vou beber aquela cachaça, Alcides, aquela que você me recomendou – falou com autoridade.

Pediu a Levanta Pau, roubada na macumba, bateu com a parte inferior da mão no balcão encardido, tomou repentinamente e sem jeito o copo das mãos de Seu Pereira, antes mesmo que o colocasse no balcão, e ingeriu lentamente o conteúdo, como nos bares de faroeste, como se bebesse leite.

Todos saudaram Seu Crispin, que engoliu dois copos pequenos de Levanta Pau e ficou mais vermelho do que alemão com quarenta graus de febre. O primeiro gole, o homem estranhou tanto, como se tivesse tomado o inferno de Dante. Mas, se conteve corajosamente, bebendo devagar. Porém, o segundo tomou de uma vez só, se transformando no mais novo recruta da turma dos pinguços.

O amigo Alcides ficou preocupado e disfarçou o máximo que pôde. Sentia-se responsável por aquela atitude, amigo que era de Seu Crispin. Era a primeira vez que ele bebia na vida e não sabia aonde aquilo o levaria. Disfarçadamente, alegou que dormiria mais cedo e acabou convidando o amigo a acompanhá-lo até em casa, o que ocorreu na realidade.

A pinguçada permaneceu bebericando e saudando o batismo de mais um integrante do clube, como um metido a intelectual que acaba de se converter. No dia seguinte, Seu Alcides ficou ruminando sobre o que acontecera na noite anterior. Pensava se teria sido certo aconselhar Seu Crispin a experimentar cachaça, a fim de resolver seus problemas particulares. Iria viciá-lo, provavelmente, já que não estava habituado com a bebida.

O problema de consciência, agora, passara a ser do Seu Alcides. Preocupação e meditação durante toda a semana. E arrependimento. Tencionava pedir desculpas a Seu Crispin, não gostaria de atrapalhar o bom relacionamento dele com a esposa. Foi uma semana muito difícil para ele, que agora mesmo é que não desejava encontrar o amigo, tal a vergonha e o arrependimento que estava sentindo. Esperaria uma oportunidade para se desculpar.

Seu Alcides chegou cedo ao armazém, na sexta-feira seguinte, primeiro do que todos. Aos poucos, os outros foram chegando, até que, afinal, a turma se completou. Saudações alcoólicas, brindes a todo o momento, alguns amigos perguntando pelo intelectual, amigo do Seu Alcides, que, a todo instante, estava visivelmente preocupado. Caminhava até a porta do empório, como se estivesse esperando alguém. Olhava com insistência o relógio de bolso e voltava à porta. Brindava com os pinguços e retornava à entrada, com olhares de ansiedade. Até que as horas foram passando e Seu Pereira aprontando-se para fechar de vez o estabelecimento.

Fez o caixa do dia, sorrindo, foi até aos fundos e voltou com um gancho comprido. Dirigiu-se para uma das portas de ferro, já se preparando para arriá-la de vez. Eis que, de repente, no limiar das comemorações, aparece um último cliente. Ele era baixinho, de cabeça bem erguida, mais que o obelisco de Buenos Aires, com um blusão novinho em pano listradão na vertical, todo colorido. Entra furiosamente pela porta adentro.

Seu Pereira, apanhado de surpresa, não vacilou e mandou logo o freguês entrar, depois que ele já tinha entrado. Bom comerciante que era, que só fecha o comércio depois de atender o último dos moicanos, cumprimentou Seu Crispin. Voltou-se para os pinguços, ao lado do balcão encardido, que observavam o amigo intelectual do Seu Alcides chegando.

– Vai agora a saideira? – perguntou com personalidade o último cliente, aos pinguços de um modo geral.

Seu Crispin Xinxarrabelho entrou rápido, cumprimentou a todos, sorridente. Piscou o olho para o Seu Alcides, perplexo, pois não estava entendendo nada. Aproximou-se dele e confidenciou baixinho, ao seu ouvido:

– Desculpe o atraso, Alcides. Tive que dar mais uma rapidinha e só consegui chegar agora. Desculpe.

Nota do autor: A medicina acabara de acrescentar mais uma forma de placebo: o alcoólico.

Vinte e três.
Maria de las Pipas

Abstenção sexual ou exacerbação sexual sempre foram objetos de controvérsias. Como algumas profissões que delas se utilizam. Tudo depende das forças genéticas, tanto masculinas quanto femininas, produzindo alguns bens e também alguns males.

Desde criança, fica-se sabendo que freiras e padres não necessitam de sexo. São obrigações religiosas, obviamente praticadas ou não praticadas, somente por algumas, talvez até desviadas do curso normal da natureza. Um se perpetua com a paz, principalmente a interior, enquanto a outra força, por vezes, não se contenta nem com a guerra. Vão em frente.

É interessante para o rumo da própria vida que exista essa diferença energética, esse potencial de forças. O rio e o lago. A calmaria e o desespero. De um lado, o dever biogenético e do outro, o prazer sexual. Para o indivíduo simples, simples enquanto indivíduo, basta o prazer de apenas comer e beber. Para a espécie, o prazer é erótico e sexual.

Reprimir o impulso sexual, para alguns, pode provocar graves problemas médicos, físicos e psíquicos. Enquanto para outros, isso nem existe e nem pode ser considerado anormal. Mas, padres e freiras devem ter tesão, afinal de contas, são de carne e osso. Quando isso acontece de fato, as consequências são imprevisíveis.

Tudo bem, isso pode acontecer em qualquer profissão – se considerar que qualquer atividade represente uma profissão – pois há vocações para tudo, desde o mais santo dos homens, até os mais diabólicos no sexo. E pode até haver ambivalência nessa afirmação, porque sexo, afinal de contas, não tem uma definição. A pessoa pode ser um santo antes de abrir a porta e um demônio, depois que a porta fecha. Talvez, a definição mais perfeita para sexo.

Mas o fator individual, segundo a ciência médica, é que deve prevalecer e não o forçamento de barra. Há alguns que necessitam muito de sexo e não podem ser considerados indecorosos ou obscenos por isso. Porém, há outros que, pelo contrário, não precisam, não incorrendo também em qualquer desvio patológico. Arre!

Pode-se afirmar que, na verdade, ficar sem uma xota ou um rabo pra uns, ou um calibrado cacete pra outros, pode se constituir num sacrifício sem precedentes em seus cotidianos. Faz falta para uns. Falta nenhuma para outros.

Maria de Lãs Pipas não só era uma tremenda profissional da prostituição - meretriz, como se dizia antigamente - como adorava o que fazia. Era como aqueles funcionários incapazes de faltar ao trabalho ou mesmo chegar atrasada. Caxias, de carteirinha.

No interior de São Paulo, precisamente em Campinas, no interior de Campinas, servia a um time de futebol de várzea, não cafezinho ou mesmo laranja, como já ocorreu com um famoso clube do Rio de Janeiro. Neste clube do Rio, antes de entrar em campo para uma partida, os jogadores tomavam o famoso cítrico, que fora descoberto pela Organização Mundial da Saúde, como o alimento mais perfeito e até energético. A suculenta laranja.

Criticada por muitos, Maria apenas dava vazão aos seus instintos, não se importando com o que falavam dela. Quando transgredia a sua alma, fazia o que achava mais correto, o que mais gostava. Era uma profissional responsável, talvez inocentada por Nietzsche, o transgressor da moralidade, da religião, da alma, da fé e de todos os credos. Inclusive o tal de Deus.

Maria de Las Pipas batia de frente e de costas, de acordo com a preferência dos atletas, o que os tranquilizava e, assim, fazia-os conseguirem grandes vitórias no campeonato local. Era o seu prazer, além de cumprir a sua obrigação profissional.

Las Pipas, porém, era inconstante no amor, necessitando sempre variar seus relacionamentos. Naquele ano, logo que terminou o campeonato local, com seu time campeão de futebol, debandou para uma cidade maior: o Rio de Janeiro. A convite de uma amiga, foi morar no subúrbio, precisamente Quintino Bocaiúva, levando consigo uma bagagem profissional admirável, abundante e com perspectiva de novos avanços na profissão.

Não se considerava uma piranha, como muitas que conheceu, como suas amigas e até de acordo com o que ouvia das conversas com seus clientes habituais. Como o caso de Dona Cynthia, a mulher com quem trabalhou por alguns anos e que deu o rabo para toda a sociedade carioca, não só para obter favores financeiros - principalmente - mas também para se vingar do marido, que era um galinha.

O ambiente em que conviveu naquela época até a deprimia. Era completamente diferente do seu. Maria o considerava fora do decoro e falso, tendo que encobrir as aventuras da patroa, inclusive ao ponto de esconder um amante no armário de seu quarto. Um careca, igualzinho a muitas carecas que ela já havia visto profissionalmente. De cima a baixo.

Igual a Dona Cynthia, Maria de Las Pipas conheceu outras mulheres da mesma estirpe, prostitutas familiares, sem profissão oficializada, que davam sem prazer, assassinando o amor e a vida.

Maria de Las Pipas adorava trabalhar em bordéis, organizando conceitos sobre os mais diversos bilaus, muito mais até do que sobre os próprios donos. Bilaus pequenos, mas extremamente duros, grandes, mas moles que nem gelatina, em forma de vírgula, carecas e até cabeludos. Mas, além de colecionar bilaus, colecionou também algumas doenças venéreas, o que a abateu completamente, tendo que diminuir sua clientela, mesmo depois que realizou um tratamento rigoroso.

Sua saúde melhorou, porém sua beleza teve alguns estragos Foi quando resolveu trabalhar na Vila Mimosa, no centro do Rio de Janeiro, junto com algumas amigas. Com tantos clientes, lá conheceu um boliviano rico, mais atrasado do que trem da

Central. Ela tanto o satisfez, ao ponto de ele lhe propor casamento e de transformá-la em Maria de La Paz.

Como o dinheiro bem utilizado pode render alguns bons resultados, Maria de La Paz melhorou muito a saúde física e mental, trocando tantos por um só bilau. Acabou engravidando, teve um lindo filho, nascido à semelhança dos descendentes dos dois países, o que os uniu mais intensamente.

E esse amor por um só bilau durou por muitos e muitos anos, já que o boliviano era divinamente apaixonado por ela. Os três, ela, o boliviano e o filho, passaram a viver num autêntico mar de rosas, sem espinhos, ondas em calmaria.

Mas a vida ensina que o hábito faz o monge. Além do mais, a Lei do Eterno Retorno, do grande filósofo alemão, Nietzsche, não deixa de ser um fato consumado. A saudade da vida antiga, a obsessão por vários bilaus, ao invés de um só, retornou.

E, bateu tanto, que Maria de La Paz entrou em guerra consigo mesma. Não conseguia mais dormir à noite. Começou a ficar diferente, mudando seu comportamento. Não era mais a mesma para seu marido e até para o próprio filho, que, a essa altura, começava a espichar.

Assim como alguém que deseja retornar à terra natal, um fenômeno completamente natural, Maria de La Paz começava a agonizar, com ímpetos de retornar, de recorrer ao início de sua profissão. Era algo doentio, imponderável. A vida monótona do casamento a entediava, apesar de atingir o ideal da sociedade, o que lhe trouxera alguma felicidade enquanto fora novidade, apesar de a novidade ter durado alguns anos.

Sua vida se tornara um ritual, e a saudade dos tempos irregulares, da aventura, voltava forte. Era, talvez, o que muitas mulheres desejavam para si. Algumas queriam a segurança, a mesmice, uma velhice tranquila, a honestidade doméstica, a ausência do risco, mas ela, não. Não para ela. Agonizava. O diferente, o desconhecido sempre a atraíra.

Começava a raciocinar sobre e sua missão cumprida. Até que

num determinado dia, terrível para ela, chamou o marido para uma conversa sincera e honesta. Nada teve a reclamar do seu bilau e de sua conduta como homem casado, com a vida correta que levava. Porém, o abandonou, deixando com ele o filho, já um garotão, apenas pedindo que sempre pudesse ter notícias do menino, pois, apesar de tudo, o amava demais.

Voltou para Vila Mimosa, já decadente e curtida pela solidão, mesmo acompanhada por belas garotas que procuravam incentivá-la e aprender com a grande experiência dela.

Carlos La Paz, o boliviano rico e Júlio La Paz, o filho, permaneceram no Rio. Carlos era dono de uma transportadora e o filho estudava Administração de Empresas, com a finalidade de, brevemente, assumir um cargo na firma do pai. Muito comunicativo, apesar da timidez para alguns assuntos, Júlio tinha muitos amigos cariocas. As maiores amizades estavam, principalmente, no subúrbio de Quintino, onde sua mãe morara há alguns anos e guardara muitas lembranças do lugar, do seu próprio modo de viver.

Eliane, uma das belas meninas, também prostituta, se tornou a grande amizade de Maria de Las Pipas, na Vila Mimosa. Procurava aprender todos os segredos da profissão e a socorria sempre nos momentos incertos, em que a colega começava a vacilar e dela necessitava. Na tristeza e na solidão, que dela já se apossavam e até mesmo quando já não se sentia saudável.

A pupila parecia a sua sucessora, tão bonita quanto ela. Tinha a mesma devoção profissional, razão pela qual Maria de Las Pipas resolvera contar toda a sua atribulada vida. Para que ela, sua melhor amiga, formasse um paradigma e tirasse suas conclusões a respeito de seu futuro.

Muitas vezes, Maria de Las Pipas pedia à Eliane que telefonasse para seu ex- marido e recebesse informações sobre o seu filho, Júlio, e também sobre Carlos, o marido. Carlos respeitara a decisão da separação, pois fora na referida “prostituição” que a conhecera e guardava dela certo respeito.

Todavia, Maria só queria informações, porque, na realidade, temia conversar com filho, com receio de que ele abominasse a sua decisão e a sua forma de vida. Procurava mantê-lo afastado dos acontecimentos que, naquela altura, já eram diferentes e começavam a envergonhá-la. A verdade poderia implicar em reviravolta de consequências imprevisíveis.

A verdade, "satya" para Gandhi, é dura como o diamante, mas delicada como uma flor. Pode estar oculta nos procedimentos, mas o destino, muitas vezes, manifesta e provoca alterações nas mais diversas situações. É abstrata e relativa, até o ponto em que se torna bem perigosa. O amor também é uma forma abstrata, porém mais poderosa e inquieta.

Naquela época, sexo era proibido antes do casamento. Por essa razão, os primeiros dias da vida a dois recebiam a denominação de "Lua de Mel", que, inúmeras vezes, se transformava em "Lua de Fel", por falta de experiência sexual do casal. Além disso, os casais faziam votos de fidelidade, deveriam passar toda a vida juntos, por conta de um juramento que faziam durante a cerimônia do casamento ou até mesmo, pela severa crítica da sociedade em que viviam.

Júlio era um adolescente tímido, como outro qualquer. Era razoavelmente bonito, estatura média, cabelos compridos, com os hormônios atuando normalmente em sua fisiologia natural. Testosterona a toda. Certo dia, acompanhado de seu melhor amigo, resolveu dar uma voltinha até a chamada "Zona", denominação dada ao local, onde mulheres recebiam os homens para relações sexuais.

A zona também era usada para promover a iniciação de rapazes, já que, com namoradas, naquele tempo, era permitido apenas passear de mãos dadas e só umas coisinhas mais. Algumas variações, talvez. A Rua Pinto de Azevedo era a principal da zona, o famoso "Mangue". Foi preciso muita coragem. Trêmulo, Júlio perambulou com um amigo por diversas vezes, observando e analisando inúmeras mulheres, que o convidavam para entrar.

A timidez o incomodava, mas o desfile daquelas mulheres muito lindas, quase nuas e com roupas eróticas, aguardando que as tirassem, o encantava. Ainda mais o ambiente, quase sempre à meia luz, com tons de vermelho quebrando para rosa. Todas as ruas eram assim iluminadas, foscamente, tornando o ambiente bem acolhedor.

Depois de muitas incursões, caminhando para lá e para cá, ele parou em frente a uma casa vermelha. Alguém lá dentro o agradara à primeira vista. Ficou trêmulo, mais trêmulo que diapasão de professor de música, e começou a suar. Estancou definitivamente, parecia hipnotizado, temeroso.

A mulher já tinha alguma idade, mas ainda era muito bonita. E, alguma empatia o impelia para ela. Coisas da amídala cortical. Hesitou. Fraquejou, durante algum tempo, não sabia o que fazer. Continuava a caminhar, olhando outras mulheres, mas voltava para o mesmo lugar. Chegou a pensar em se dirigir para outra rua, até que, afinal, resolveu entrar na sala avermelhada, indo em direção à mulher que o atraíra. Permanecia indeciso e tremulante, recomeçando a suar frio.

A sala era colorida e provocava êxtase. Bela decoração avermelhada e telas estimulantes, presas às paredes, o convidavam para entrar. Ele sorriu levemente, com os lábios estremecidos e o olhar penetrante. Desejou, ardentemente, naquele momento, toda aquela mulher em seus braços para penetrar em suas entranhas. As fantasias do adolescente começavam a tomar desenhos alucinantes sobre o que seria a sua primeira vez.

A mulher de meia idade estava perplexa, petrificada mesmo. Jamais imaginaria que, depois de tantos anos, fosse rever alguém naquela situação constrangedora. E enquanto o rapaz se aproximava, lenta, mas firmemente, ela se mantinha estática e horrorizada. Tinha vontade de fugir, não sabia para aonde, ou gritar, não sabia o quê.

Apenas ficou estática, com seus pensamentos voltados para o passado, revivendo todas as suas buscas, que, na realidade, seriam fugas. Na real, quantas buscas na vida de um homem não passam de fugas simuladas? E não adiantava mais fugir. Fugir de quê? Da própria vida? Ninguém consegue fugir da própria vida. Ela nos alcança a todo instante. Inútil. Fugir de si mesmo?

O menino continuava se aproximando de Maria de Las Pipas com uma expressão de êxtase e desejo. Admirava sua beleza, como se já a conhecesse há muito tempo. Talvez, em outra dimensão, em outra encarnação. Aproximou-se mais ainda. Mais e mais, lentamente, com todo carinho. Beijou-a, com toda emoção e apertou-a, num abraço divino e demorado.

Por cima de seu ombro, Maria de Las Pipas, derramada em lágrimas, percebeu sua amiga, Eliane, caminhando em direção aos dois. Nunca esteve tão linda, talentosa e sensual, intuitivamente percebeu tudo que estava acontecendo naquele momento. Maria de Las Pipas, solenemente emocionada, observava a colega de profissão chegando. Percebeu a sua altivez, encarou Júlio com maturidade e compreensão e o entregou tranquilamente a ela.

Vinte e quatro.
Maria dos remédios, a Deusa da minha rua

Todo domingo pela manhã, havia um desfile imperdível na esquina. Não era de calhambeque, nem de bandinha - como aquela que tocava sempre no coreto da praça da Escola Quinze - nem um desfile de modas. Bem, era um desfile de modas, mas diferente, de um só modelo, realizado pela mulher mais linda das redondezas, vestida de preto, seda pura, sapato alto, apesar de a rua ainda ser de barro.

Rosário na mão, olhar fixo com aqueles olhos amendoados que tanto choraram pelo defunto no dia do gurufa, o foco sempre dirigido para a frente, não dando a mínima bola para quem a estivesse apreciando, a viúva do Dr. Geninho, Dona Maria dos Remédios, caminhava célere, rumo à Igreja de São Jorge, para a missa dominical.

A missa das nove horas ficava repleta, e muita gente caminhava alguns metros atrás de Dona Maria, só para ter o prazer de se embevecer com as suas formas, a sua beleza e o perfume que dela exalava. A terna cadência do andar tinha muita coisa a ver com os Decididos de Quintino, eterno campeão nos desfiles dos ranchos, na Presidente Vargas. Parecia uma caminhada coletiva, um exercício físico de um pelotão militar, com hora marcada e obrigatória. Mas, com imenso prazer.

Maria dos Remédios era uma mulher vistosa, loura, de olhos verdes, cabelos esvoaçantes, alta, seios fartos e sempre um semblante de seriedade – mais ainda depois que o marido morrera –, embora tivesse um andar provocante de quem se sabia admirada e desejada.

Depois do incidente, todos julgaram que ela iria se mudar imediatamente para o Méier, mas, como em terra de cego quem tem um olho, vê muito mais, ela permaneceu morando em Quintino, bem próximo à esquina.

O gurufa do Dr. Geninho foi muito concorrido, um dos maiores do local até então, com muita gente fazendo sala ao defunto em sua residência e também acompanhando o féretro pelas ruas, até o Cemitério de Inhaúma. Não porque ele fosse uma pessoa muito querida, mas porque deixara uma viúva de fazer inveja a qualquer Miss Universo. Apesar de ele ter salvado muita gente ali presente durante o exercício de sua profissão, os olhares se dirigiam mais à Dona Maria dos Remédios do que a ele, o próprio defunto.

Almerindo Dicionário era dos que não tirava os olhos da mulher e a seguia para todo lugar, mesmo o mais recôndito. Babava de desejo sempre que a via passar, esperando uma oportunidade qualquer para que pudesse se aproximar dela. Ir à missa aos domingos deixou de ser um sacrifício, passando a ser um hábito normal. Fazia de tudo para estar perto dela.

Durante muito tempo, ficou conjecturando uma forma de desvendar aquele incrível mistério da mulher que a todos encantava, passando sempre vestida de um longo preto, atraindo olhares divagantes, paralisando papos na esquina e silenciando vozes matraqueiras. Onde quer que fosse, provocava uma procissão, principalmente aos domingos, na missa das nove horas, na Igreja de São Jorge, na Rua Clarimundo de Melo. Aliás, a igreja matriz de todo o Rio de Janeiro.

Na realidade, ninguém se importava com a sua aparente antipatia ou indiferença. Não eram sinais de desprezo ou de alexitimia, apenas, como uma artista, ela sentia prazer imenso de se saber apreciada e admirada.

A missa das nove passou a ser muito concorrida. Num desses domingos, aproveitando-se disso, Almerindo deu sorte de conseguir sentar-se ao lado da bela, numa das primeiras fileiras da igreja. Era o que ele mais desejava: tê-la por perto. A missa transcorreu normalmente, melancólica, como sempre. O padre todo paramentado, falando em latim, o que lhe dava um ar de sabichão. Além do senta e levanta, senta e levanta, ajoelha, ajoelha, mesmo com meniscos fodidos. Um ritual que nem mesmo os católicos sabem explicar a razão.

Faziam também parte da missa os hostiófagos, os comedores de hóstias, a cantoria, e, depois, o sermão. Após confessar os pecados como forma de perdão, simplesmente rezar alguns Pai-Nossos e Ave-Marias. Então, saíam todos do templo aliviados de seus pecados capitais e inocentes, como se todas as culpas estivessem perdoadas totalmente.

Pior eram as confissões, catarses hediondas. Todos absolvidos para o bem das almas, como se estivessem livres para cometer outros pecados. Através das treliças, ali jazia o perdão, que é incondicional, alvissareiro, justo, bendito e salvador. Que assim seja.

Na ocasião do recebimento da hóstia, Almerindo Dicionário notava perfeitamente o Padre Nemerval, de olho nos peitos de Maria dos Remédios, meio agachada, com as mãos unidas, como se estivesse recebendo o próprio Deus.

Ela também mantinha um olho no olho com o padre, numa encenação até comovente. O sacerdote tremia, quase deixando cair o cálice sagrado, quando a mulher de preto colocava a língua pra fora para receber o trigo redondo, que também poderia ser feito de macaxeira. Mais patriota.

Naquele instante, Almerindo lembrou-se do incidente na piscina do Vale Encantado, no Alto da Boa Vista, quando flagrou Padre Nemerval tomando banho com uma belíssima garota, numa bela manhã de sol, num dia de domingo. Sem se perturbar, o padre, apanhado em flagrante, sorriu, apresentando-o à garota:

– Este rapaz pertence à minha paróquia, querida, não perde uma missa de domingo. Hoje, estou de folga.

– Muito prazer, muito prazer – disse o rapaz. – O sol está mesmo uma maravilha, não é? E a manhã está ótima para um encontro. Isto aqui é maravilhoso, também estou esperando minha pequena, padre. Quando ela chegar, eu também a apresento ao senhor. Adeus.

Almerindo tinha um grande amigo padre, o Padre Zeca, o Zequinha, filho do Xinxarrabelho, um dos seus companheiros de infância. Lembrou-se dele naquele instante, até quando parou de nadar. Colocou a mão no queixo e se pôs a pensar num plano mirabolante para chegar mais perto da "Deusa da Minha Rua".

Foi caminhando na parte rasa, sentou-se à beira da piscina e ficou durante muito tempo observando o Padre Nemerval e a garota se divertindo dentro d'água. Meditou quase tanto quanto Buda. Valia a pena pensar na deusa.

Estava completamente apaixonado. Por ser um cara muito criativo, bolara um plano diabólico para conquistá-la, tendo conseguido, com muito sacrifício, um lugar de coroinha, na Igreja de São Jorge, em Quintino. Não era muito adequado, pela sua idade, mas, com a influência do Padre Zeca, que jamais desconfiaria de suas intenções, finalmente conseguiu.

Os olhares do Padre Nemerval para Dona Maria dos Remédios e o encontro casual na piscina do Vale Encantado, com uma garota, estimularam Almerindo a confeccionar um ardiloso plano, que colocaria em prática logo. Sabia que o cargo de coroinha seria muito simples para conquistar a Dama de Preto. Além do que, através dele, sabia que poderia atingir maiores intenções. Algo muito mais profundo, que o mantivesse mais próximo, como se quisesse conhecer toda a vida privada da jovem.

Padre Nemerval era um sacerdote moderno. Alto, vigoroso e bonito. De vez em quando, desfilava de moto pelo bairro, justificando bênçãos a alguns lares. Promovia rezas coletivas, mesmo fora da igreja, e aceitava convites para reuniões e festinhas católicas inocentes. Era uma verdadeira simpatia no bairro, fazendo encher a paróquia à qual São Jorge devia muitos favores. Realmente, tinha muitos fiéis, principalmente mulheres. Porém, durante as missas, havia mais velhotas que não paravam de dar umas piscadas para ele. Bendiziam as missas. E, desde a missa de sétimo dia do Dr. Geninho, a dama de preto lhe despertara muita atenção.

Almerindo Dicionário, em pouco tempo, estudou todos os meandros arquitetônicos da igreja, todos os seus recantos. O salão principal, as galerias - de onde o padre dava alguns sermões, por serem estrategicamente altas - o quarto onde dormia, a copa e a cozinha. O rapaz decorou todos os cômodos: a sala e o armário com vinho e hóstias, alguns corredores pouco iluminados, uma sala com muitos quadros de santos. Enfim, memorizou tudo, capaz de aumentar a fantasia diabólica de um possível encontro com a mulher que não saía de sua mente. Estudou principalmente, e com muitos detalhes, o confessionário. A igreja, a casa do Senhor, sua mente, a casa do Diabo. Ouvir as confissões de Dona Maria dos Remédios e colocar a hóstia em sua boca seria o máximo. Sonhou.

A vida possui muitas coisas interessantes. Óbvio. Por vezes, aguarda-se eternamente por uma oportunidade que nunca vem, nunca chega, apesar de se estar preparado e atento. Por vezes, nos deparamos a todo instante com ela e nem a percebemos. Porém, há aquelas que surgem e não deixamos escapar, confeccionando finalmente o sonho idealizado.

Véspera de Domingo de Ramos, tarde de sábado, preparação da confissão dos fiéis. Antigamente, a confissão se processava na véspera, num sábado à tarde, em virtude do grande número de pecadores para a comunhão. Sendo assim, Padre Nemerval e Almerindo Dicionário, já como coroinha, almoçaram cedo e organizaram-se para esperar os pecadores.

Conversaram durante bastante tempo. O sacerdote falava para o coroinha sobre a presença constante de católicos que tinham o hábito de confessar nas datas mais importantes para o calendário católico. Maria dos Remédios era um deles e, sempre, numa determinada hora.

– Seu Almerindo, está quase na hora do nosso lanche. Logo depois, começaremos a confissão. Vá se preparando.

– Certo, padre, é pra já.

Almerindo se afastou por um corredor comprido e atingiu a sala onde estava um enorme armário de madeira, bem antigo, onde o padre guardava o vinho e as hóstias. Deparou-se também com umas caixinhas. Dentro das caixas, havia remédios tarja preta, comprimidos tranquilizantes, opióides, Lorax, uns vidrinhos antigos em forma de pêra e Vagostesyl de leve sedação.

Parou alguns instantes diante do armário enorme, como se tivesse alguma dúvida. Apalpou bem um dos vidrinhos e uma caixinha de Lorax, pensou um pouco antes de fechar a porta, e colocou os comprimidos no bolso da calça.

Uns dois ou três comprimidos devem ser suficientes, não vão fazer tanto mal. É a minha chance, pensou. Depois, olhou o relógio e percebeu que estava quase na hora da confissão. Amassou, com a lâmina de uma faca, três comprimidos. Colocou na xícara do padre, junto com o café, adoçou bastante o café, disfarçando o sabor do tranquilizante e chamou o sacerdote para o lanche. Teriam que lanchar às pressas, pois a igreja já estava repleta de gente. Ingeriram um sanduíche curto, de queijo minas e, em poucos instantes, tomaram o café.

O padre levantou-se da cadeira, cansado, e já um pouco sonolento. A dose tripla do tranquilizante era bem forte, superaria em muito o efeito estimulante do café e, em poucos minutos, o padre estaria dormindo.

– Que horas são, Almerindo? Acho que ainda vou descansar um pouquinho antes da confissão. Rapidamente. Vá tomando providências, que eu não tardo.

A confissão iniciou-se alguns minutos depois, mas o padre estava no quarto, nos braços do Deus do Sono, roncando adoidado. Enquanto ele dormia, os fiéis permaneciam sentados em fila nos bancos de madeira. Como nos bancos de dinheiro, passavam uns pelos outros, tranquilamente, apenas comentando em voz baixa que a igreja mandara um novo padre, mas muito legal, como disse uma confessante inteiramente entusiasmada.

– Muito atencioso, muito atencioso e, me perdoem, bonitão esse novo padre! Deu pra ver pela treliça – disse uma fiel, ao sair do confessionário.

Todos sorriram, menos Dona Maria dos Remédios.

Enquanto Padre Nemerval dormia a sono solto, Almerindo ouvia atentamente os mais absurdos e ridículos pecados, tão santos quanto qualquer inocência infantil. Mas, às vezes, a narrativa era tão violenta quanto qualquer crime hediondo, que o fazia tremer de pavor, dentro do confessionário quente, com aquela batina comprida e espessa, bem passada a ferro.

Dirigia-se aos fieis, mas não em latim, nem falava a linguagem da igreja, simplesmente a do próprio povo e perguntava sempre o que eles desejavam que lhes perguntassem, ouvindo atentamente os pecados do povo de Quintino.

Ouviu confissões que, afinal de contas, acabaram lhe aterrorizando, imensamente. Quanto endividamento! Quanta traição, más intenções, roubos, vigarices, vícios, desejos, insatisfações!

Quantas confissões, resumos de vida, confessados a um homem comum, um cara simples, repleto de más intenções, tanto maiores das que ouvia, tanto menores do que deixava de ouvir. Apenas escutava, concluindo que jamais supunha que o mundo fosse tão errado, frívolo, repleto de situações inusitadas. A verdade lhe era fornecida facilmente, com gente que contava seus erros com muita espontaneidade e que lhe auferia grande importância, ao ponto do falso padre ouvir atentamente e até se considerar um psicólogo.

Ficou então taquicárdico o coração do "Padre" Almerindo. Milhares de batimentos por minuto. Chegara, enfim, a hora da confissão de Dona Maria dos Remédios. Suavemente, ela se ajoelhou em frente ao confessionário, quase colando o rosto junto à portinhola de treliças de madeira.

– Padre – disse. – Não sei se devo me confessar com o senhor. Sou habilitada ao Padre Nemerval, acostumada a ele.

– Não se preocupe, minha filha. Aqui na igreja, todos somos um só. Os pecados são guardados a sete chaves e depois, os enviamos a Deus. Lá no céu, São Pedro nos vigia e nos protege. Suas chaves são o guardião de nossas condutas. Fique tranquila, não se envergonhe de confessar com outro padre, sabemos tudo a respeito de nossos fiéis e guardamos seus segredos conosco de forma fidedigna.

Remédios sorriu, e sorriu mais ainda, ouvindo alguma coisa estranha, inusitada.

– Padre, de onde vem essa música linda?

– Daqui mesmo, minha senhora.

– Daqui do confessionário? Confissão com música?

– Estou inovando as confissões, colocando fundo musical, música clássica. No momento, Vivaldi, com as Quatro Estações. Os fiéis ficam mais tranquilos e sentem-se mais à vontade.

– Magistral, padre, magistral. Foi ideia sua?

– Para ser sincero, senhora, isso foi meio por acaso. Vim experimentar o confessionário, ouvindo música no meu gravador, e ele ficou esquecido aqui. Acho que todos gostaram. Senhora, aguarde um pouquinho, por favor.

Padre Almerindo abandonou por instantes o local, simulou buscar no altar uma pequena bíblia, procurando se exibir, e voltou para o confessionário. Sabia que era um cara bonito, olhos verdes, alto, rosto liso e meditativo e que, por certo, iria influenciar a dama de preto.

– Estou pronto para ouvir sua confissão, senhora. Amanhã, durante a Missa de Ramos faremos a comunhão.

Depois de toda a confissão, Almerindo, preocupado, foi até a sacristia para verificar como estava o Padre Nemerval, que ainda dormia profundamente. Em seguida, dirigiu-se ao armário de madeira e ficou analisando a bula do sedativo. Percebeu que estava tudo sob controle, que o homem respirava tranquilamente, apesar da dose ministrada.

Acho que nem amanhã de manhã ele acorda para rezar as missas, pensou. Talvez, seja melhor eu dormir aqui mesmo, na igreja e tentar acordá-lo. Se ele não acordar, eu mesmo terei que dar conta dos recados, mas isso não tem mistério.

Como coroinha, já aprendi bastante. Além disso, aquele monte de coroas sempre ajuda, eles sabem tudo o que se tem que fazer. É só dizer que sou novo aqui na paróquia e eles têm o máximo prazer em ajudar, delirou, sorrindo para si mesmo. Que prazer colocar a hóstia na boca de Maria dos Remédios, que prazer!

Depois de tanto pensar, meteu pela goela abaixo do padre mais uma dose de Lorax, e foi dormir tranquilamente, a fim de aguardar o Domingo de Páscoa.

Ramos e Páscoa são duas grandes festas católicas, e o domingo amanheceu lindo, com algumas centenas de fiéis se aconchegando nas fileiras de bancos, dentro do templo. Uma simples desculpa, de que o Padre Nemerval não estava bem, foi o suficiente para que os auxiliares das missas se propusessem a ajudar.

A igreja parecia uma floresta de raminhos, ornamentando o ambiente. A magia aumentava, assim como a energia reinante, principalmente a dos idosos, mulheres, na maioria. Algumas crianças, acompanhando seus pais, também sorriam e erguiam os ramos, como se fossem troféus. O clima se tornou santo e encantador, com a igreja lotada e o falso padre dando explicações aos auxiliares sobre o stress do Padre Nemerval e sua substituição. Ardil conseguido facilmente por sua persuasão e maneira simples de convencer as pessoas. O falso padre, com seu manto verde majestoso e seus auxiliares, se benzeram, partindo, céleres, para a realização da cerimônia.

A igreja ficou lotada, com bastante gente em pé até do lado de fora, sempre chegando mais pessoas. Quando o padre regra três adentrou a igreja, os fiéis, que estavam sentados, levantaram-se imediatamente, provocando um frio repentino em sua barriga, tal a responsabilidade que enfrentaria. Os fins, porém, justificavam. Habituados, durante anos, no auxílio às missas do Padre Nemerval, os auxiliares tomaram a iniciativa, tornando a missão facilitada. Agiam como um árbitro de futebol, que espera a iniciativa de algum atleta, quando ele tem dúvida sobre para qual lado apitar.

Todos, padre, auxiliares e o próprio povo estavam nervosos com a substituição. Diminuiu a tensão quando Almerindo, muito espertamente, confessou ser sua primeira missa, o que acabou gerando a cooperação mais profunda de todos. Principalmente, após o sermão magnífico proferido por ele, recebendo até uma salva de palmas, fato jamais ocorrido na igreja.

Aquilo tudo fora novidade para os fiéis e o senta, levanta, ajoelha e ajoelha foram cumpridos devidamente, com perfeição. O entusiasmo foi tanto, que os raminhos, em certo instante, balançaram como bandeirinhas, tornando o ambiente festivo e emocionante.

Chegara o momento da comunhão, o mais emocionante da cerimônia, com os hostiófagos se preparando para receber a hóstia, enfileirados. Havia um auxiliar executando o papel de coroinha, e o falso padre, sem jeito algum, com o cálice sagrado na mão, distribuindo circulozinhos de trigo, quase os deixando cair na boca dos fieis, que esticavam a língua, como lagartos devoradores.

Na vez de Dona Maria dos Remédios, Almerindo tremia mais que diapasão nas mãos de músico amador. Ele fez com que Dona Maria tivesse que esticar bastante a língua para aparar, não a hóstia, simbolicamente o corpo de Cristo, mas sim, uma camisinha de Vênus, do mesmo tamanho, contendo no seu interior um pequeno bilhete.

O horário das missas terminou finalmente. Se não foram perfeitas, pelo menos foram rezadas, com os auxiliares se benzendo. Eles temiam pelo pecado que cometeram, rezar a missa com um padre desconhecido, mas Almerindo pensava que o Padre Nemerval compreenderia e iria perdoá-los.

Alguns até informaram ao falso padre que aquela fora a melhor missa que tinham assistido e que o sermão fora perfeito, que eles haviam aprendido bastante com suas palavras. Só não conseguiam entender o porquê de o novo padre tanto remexer na hora da hóstia, procurando alguma coisa num bolso, por baixo da batina.

Os raminhos fizeram a felicidade na igreja, naquele domingo de sol. Enquanto a mulher de preto descia pela escadaria, rumo à Rua Clarimundo de Melo, rindo de boca fechada. E assim que os fiéis saíram todos, Almerindo e seus auxiliares correram para a sacristia, rapidamente.

– Não é possível que Padre Nemerval esteja dormindo tanto tempo! Temos que chamar um médico – disse um dos auxiliares, se dirigindo a Almerindo.

– Já devíamos ter chamado há muito tempo – ponderou o falso padre. – Porém, a prioridade era realizarmos logo as missas.

– Será que ele se embebedou com vinho? – arriscou outro auxiliar. – Porre de vinho não é mole, fica tudo rodando.

– Cara, pô, ele tá pesadão – retrucou mais um. – Se não tivesse respirando, diria até que tá morto.

Um dos auxiliares conseguiu num caderninho, dentro de uma gaveta da escrivaninha da sacristia, o telefone do Dr. Alcione e, imediatamente, comunicou-se com ele. Os outros começaram a vasculhar toda a sala, inclusive o armário grande de madeira. Com a ausência dele na confissão e na comunhão, o povo procurava uma explicação, conjecturando uma série de situações, inclusive de que até teria sido sequestrado.

Algumas pessoas sabiam das suas aventuras fora da igreja, outros até o perdoavam, achando que padre deveria ter direito ao casamento. Mais ainda, de que teria sido visto num clube, com uma garota do bairro da Piedade. Os comentários sobre o Padre Nemerval eram extensos, inclusive de que estaria até em Lua de Mel, por aí. Enquanto as beatas velhas fofocavam pior, desejando que ele nunca mais aparecesse. Tudo confuso, com a confissão realizada pelo novo padre e o sermão do Domingo de Ramos que fez o maior sucesso.

Recuperado pelo Dr. Alcione, na segunda- feira à noite, Padre Nemerval já estava em forma. O armário de madeira na sacristia fora todo vasculhado e chegaram à conclusão de que, acidentalmente ou não, ele havia tomado uma dose elevada de barbitúricos. Depois de toda aquela confusão, Almerindo Dicionário, cansado e estressado, se mandou e desapareceu de vez de Quintino. Quando os auxiliares contaram o que aconteceu, Padre Nemerval quase enlouqueceu.

Domingo seguinte, Domingo de Páscoa, a igreja ficou repleta de fieis, curiosos, espíritas, judeus, budistas, ateus e até católicos. Beatos velhos e novos. Todos ansiosos para saber, afinal, quem rezaria a missa, a mais importante dos últimos anos. Inúmeras crianças, com dentinhos e orelhas de coelho, ornamentavam o ambiente festivo. Mas os olhares não se desviavam da porta, por onde o padre entraria em direção ao altar.

Na hora certa, Padre Nemerval apareceu triunfante. Todo paramentado, parecendo mais um cantor de rock aguardado por uma multidão. Era como se esperasse os aplausos da plateia, que foi substituído por um imenso burburinho, aumentado pela excelência da acústica da igreja. Padre Nemerval apareceu com a mais louca das suas batinas, toda colorida, repleta de arabescos. Completamente excitado, como se tivesse disposto a tudo. Alguns fieis, já o conhecendo profundamente, sabiam que vinha chumbo quente por ali. Os auxiliares e o novo coroinha aguardavam temerosos por qualquer iniciativa.

Na evolução da missa, os rituais santos não eram normais. Os gestos do padre eram grosseiros e não mais graciosos, como os anteriores. Atento, o povo dentro da igreja começou a ficar nervoso, inquieto, ansioso, principalmente quando perceberam algo na primeira fileira de bancos, bem perto do altar principal. Pela primeira vez, durante muito tempo, até o padre verdadeiro notava a ausência de Dona Maria dos Remédios, a Dama de Preto, "A Deusa da Minha Rua". E, isso o tornou mais nervoso ainda.

Começou a procurá-la por outros cantos do templo, saía e voltava ao lugar, numa busca frenética, sendo observado nitidamente por sua atitude. Numa das voltas ao altar, repassou o olhar pelas paredes laterais onde ficavam diversas imagens de santos. Tinha a esperança de que ela pudesse estar em outro lugar de sua preferência ou mesmo acompanhada por alguém. Indignado e irritado, chegou a fazer careta para um dos santos.

A missa de Páscoa foi diferente, toda conturbada, com os fiéis, a todo instante, levando sustos com a atitude do padre, ora se indignando, ora rindo até. A seriedade do ritual santo se transformava numa autêntica bagunça. Puto da vida com o que acontecia, por não conseguir entender a ausência de Maria dos Remédios, Padre Nemerval começou o sermão, tendo necessidade de encontrar um bode expiatório que elucidasse aquela situação.

Não foi difícil encontrá-lo, já que ele sempre servia para as maiores desculpas de todas as religiões. Culpado crônico dos vícios e mazelas, dos erros e crimes hediondos, o Diabo era justificativa única e explicação adequada. De repente, o padre começou a meter o pau no pobre do Diabo, que se utiliza de inúmeros disfarces para infernizar a vida das pessoas. Capaz de penetrar em seu próprio templo, que assassina não só com bala e punhal, mas também com palavras, blasfêmias, traições e mentiras. Que não só rouba, assim como os ladrões e políticos, como é capaz de se disfarçar de coroinha e aparecer no templo de Deus, paramentado de verde.

Padre Nemerval estava colérico. Descarregou toda a raiva sobre o Diabo. Apelou, xingou, vilipendiou. Extrapolou com gritos e gestos obscenos. Despejou toda a água benta sobre as chamas do inferno, molhando inúmeros fieis, até que, de repente, silenciou por alguns minutos, com as sobrancelhas cerradas, observando fixamente o local onde Maria dos Remédios sentava. E, assim ficou, se benzendo demoradamente, como se aguardasse o julgamento dos fiéis. Em sua visão, o lugar estava vazio. Mais uma vez na vida, o Diabo pagava pelo que não fizera.

Vinte e cinco.
Medo de envelhecer

Narciza tinha medo de envelhecer. E fazia de tudo para dissimular qualquer indício da idade que aparecesse em seu corpo e a denunciasse. Velhice estaria sempre ligada à feiura, a rugas, a sacrifícios para despistá-la e, o pior de tudo, ao afastamento das pessoas consideradas normais, de acordo com a idade delas. Idoso já não gosta de sair e os que gostam nunca encontram seus amigos na rua. Isso, sem falar da impotência sexual. Do adeus de não participar da vida. Considerava que o pior da idade eram os amigos que perdia. Jamais aceitou o argumento da melhor idade, jogo do contente, apenas. Um blefe.

O mundo interior está repleto de fantasmas e de reflexos enganosos. Verdade. Um dos principais fantasmas é o medo de envelhecer. E o tempo é implacável. Basta que encontremos alguém que não vemos há muito tempo, numa esquina ou em qualquer lugar e, então, fazemos logo a observação de como o sujeito envelheceu. Falamos, sem jamais imaginar, ou pelo menos supor, que ele também deve estar pensando o mesmo que nós.

O futuro vira passado, sem clemência. Idealizamos nossos pensamentos e o tempo não é suficiente para realizá-los. Não bastam as decisões corajosas, as escolhas adequadas, as transformações previstas, porque não percebemos, em função das nossas atribuições diárias, que também envelhecemos. Sofremos enxovalhos, derrotas, festejamos vitórias, sucessos, mas o bisturi do tempo é implacável. Deixa cicatrizes rugosas por todo o corpo, dificilmente, reparáveis.

O "você" fica pra trás. A primeira vez que nos chamam de senhor na rua, nos apavoramos e corremos logo a casa, para olhar o espelho, constatação fidedigna da realidade. No ônibus, quando alguém nos oferece o lugar e o julgamos mais velho do que nós, refletimos mais desanimados ainda. Dá vontade de saltar imediatamente, seja qual for a velocidade em que estamos. Julgávamos que a outra pessoa era mais velha do que nós, e ela nos oferece o lugar. Caímos numa real.

Saber envelhecer é ter densidade de vida. Viver o mais possível, no menor tempo, já que envelhecer é inevitável. E o pior dia do mundo, talvez, não tenha sido aquele em que sofremos alguma cirurgia séria, um pequeno desastre, um amor perdido, mas, justamente, aquele dia em que reconhecemos honestamente que estamos velhos. Como tirar o badalo do sino que toca o Ângelus, para que o tempo se prolongue com o fogo, que se transformará em cinza.

É preciso sobreviver a si mesmo, ter cuidado para que a velhice e a mediocridade não se tornem paralelas. Muitos, por ausência do que fazer, recorrem ao passado como solução, esmorecendo todas as intenções e desejos futuros. Possíveis fracassos são previstos, valorizando até os ridículos inevitáveis do cotidiano. Ocupar-se da própria vida retarda o envelhecimento, evita que o tempo passe em vão e nos permite aproveitá-lo utilmente.

O mundo se transforma, tem que se transformar, tudo é mudança, inclusive nosso corpo e a nossa mente, lógico. O corpo muda o mundo e o mundo muda o corpo. As perdas são inevitáveis, levando os amigos e deixando saudade dos lugares que percorremos juntos. Resta a lembrança das aventuras e desventuras que fizemos e deixamos de fazer. Visitar um lugar do passado é como se um novo encontro fosse perpetuado, em dimensões diferentes.

Mas é preciso aceitar as mudanças, conviver com elas, nossas ou do meio ambiente, e procurar o equilíbrio das emoções. Quando o tempo pretérito, assim como a memória, é a única solução para a sobrevivência, a saudade deve ser transformada numa forma salutar de viver, principalmente para quem teve a oportunidade de viver muito. Ah, saudade, que importância tem. Pior do que não ter saudade é não ter do que sentir saudade.

Enquanto for possível, viva intensamente. Em qualquer idade, é fundamental valorizar a vida, dia após dia. Não se deve seguir o exemplo de certa senhora que, em conversa trivial com uma vizinha, afirmava que o Natal já estava próximo e que era hora de iniciar os preparativos. Porém, dizia isto no mês de abril, muito longe da data, demonstrando quão poucas emoções essa senhora deveria viver.

Juventude acumulada é a forma ideal de viver, de usar o tempo. É necessário manter jovem a mente, sempre recorrendo a um novo ideal, seja qual for sua natureza. É a forma de evitar a terrível crise da solidão, o estigma da depressão, causa maior dos casos de suicídios, infelizmente.

O melhor a se fazer é a cada projeto terminado, iniciar outro. Satisfazer-se da estrutura financeira adquirida, lembrando-se sempre de Gandhi, quando afirmou que o homem seria mais feliz se conseguisse conviver com pouco. Ser rico dá muito trabalho. O ideal é ganhar o suficiente para se viver com dignidade, apenas isso.

Fazer o que se tem vontade e o que se pode, respeitando todos os limites, deve ser o lema da velhice, sem se importar com os tropeços. Aprender com as falhas é uma lição. Caminhar por outros caminhos diferentes, sair mais do que ficar, procurar sempre olhar para o alto e não para o chão. Olhar para o chão só fará com que encontre pedras, enquanto, se mirar o alto, lá estarão as estrelas.

Nem todos os rituais da vida constituem rotina, muito pelo contrário, trazem bem-estar e felicidade. Não temer as possibilidades diferentes do mundo moderno, como o celular, o computador, as máquinas digitais é reinventar a vida. A reinvenção da vida é o caminho para entender o sentido da própria existência, sem valorizar tanto a chegada. A chegada representa o fim, não havendo mais nada para fazer. O caminho é sempre o mais importante.

Narciza se preocupava além do normal, vigiava-se constantemente, consultando o espelho a todo instante. Utilizava como espelho as vitrines das lojas por onde passava e não se importava com que estava dentro da loja, a não ser com o seu reflexo. Vivia observando as outras mulheres e tudo o que pudesse transformá-la em uma velha. Nas ruas, nas festas e até mesmo na televisão. Preocupação neurótica.

Começava a perceber que algumas amigas, com certa idade, diminuíam de tamanho, de estatura, devido ao desgaste da coluna vertebral. Não tinha coragem de medir sua altura e passou a aumentar o salto do sapato, muito. Que se danasse o sacrifício de andar com eles!

Soube, pelo seu dentista que também estudara medicina, que poucos tecidos continuam crescendo no corpo humano, após certa idade, com exceção da orelha e do nariz. Foi quando passou a observar todos os velhos, em qualquer esquina, e procurou ver se tinham a orelha e o nariz grandes.

– É verdade, mesmo, Dona Narciza – afirmou o Dr. Saad, antes de despedir-se, na sala de espera de seu consultório. – Nariz e orelha continuam crescendo eternamente. Pare numa esquina qualquer e verifique, não deixa de ser curioso. Repare.

Antes de despedir-se, Dona Narciza arriscou uma pergunta.

– Quer dizer, então, que não existe velho de nariz arrebitado?

– Nenhum.

– Nem os gregos, doutor?

– Nem gregos, nem troianos, Dona Narciza. E nem velhinhos gordos a senhora vai encontrar na rua também.

– E por que, Dr. Saad? – indagou, mais curiosa ainda. – Não existem velhinhos gordos?

– Os gordos, infelizmente, morrem mais cedo. Procure manter seu peso, assim como está.

– Tudo bem, doutor, mas por que os gordos morrem mais cedo?

– São muito mais células para o coração administrar.

– Tá vendo? É por isso que não quero ficar velha e nem engordar – vaticinou Narciza, ao sair do consultório, indo direto para a próxima esquina, a fim de verificar o que o Dr. Saad acabara de afirmar.

A primeira coisa que Narciza fazia quando chegava a casa, obrigatoriamente, era checar sua imagem no espelho, principalmente quando descobriu que os côncavos aumentavam a imagem, segundo dissera seu dentista. Procurava, minuciosamente, qualquer detalhe que denunciasse a chegada da velhice, por todo o corpo, principalmente nos cabelos.

Chegava ao ponto de carregar outro espelho em sua bolsa, verificando a todo instante qualquer detalhe, em todos os lugares. Inclusive, passou a tomar muitas pílulas contra o envelhecimento, como se isso fosse dar resultado. Praticava orações de todas as religiões, caminhava e fazia exercícios físicos, além de seguir receitas de juventude, passadas pelas amigas. Narciza ficava irritada quando alguma lufada de vento embaralhava os seus cabelos, tirando imediatamente o seu espelhinho côncavo de dentro da bolsa.

Certo dia, voltando do trabalho, assistente de advocacia que era, rumou direto para o banheiro, rotina diária. Começou a inspecionar todo o corpo, na esperança de não encontrar nada que a irritasse. Olhava como quem procurasse alguma coisa durante bastante tempo. Quanto mais tempo melhor, para ter a certeza de que procurava sabendo que nada acharia.

Mas, quem procura, sempre encontra. Depois de repassar o espelho por todo o corpo, Narciza se espantou quando arreganhou bem as pernas. Deparou-se com o primeiro sinal de velhice em seu corpo, ela que era uma mulher razoavelmente bonita. Arreganhou quanto mais pode as pernas, colocou o espelho côncavo numa posição estratégica, embaixo delas e, finalmente, constatou o primeiro pentelho branco, bem junto à xoxota. Ficou perplexa, atônita, procurando imediatamente fechar as pernas, como se estivesse escondendo de si mesma o cabelinho branco.

– Meu Deus, meu Deus! Meu Deus do céu! Que desgraça! Que desgraça! Que Diabo, meu primeiro cabelo branco e logo aqui, nos pentelhos, que desastre!

Mais uma vez, percorreu todo o corpo, da cabeça aos pés, abrindo mais as pernas, vasculhando os sovacos, empinando o mais que podia a bunda, tentando encontrar por lá mais algum cabelo branco. Mas, felizmente, nem no rabo conseguiu encontrar outro.

Teve que se conformar, não havia alternativa. Talvez outro custasse a aparecer, ou então, nenhum mais apareceria. Tinha esperança, a velha esperança que engana, que disfarça a realidade, mas dá alento, como se tentasse destruir a certeza, amenizando o inevitável. Nem sempre é bom ter esperança, porque a esperança espera.

Devo cortar? Vai adiantar? Cultivo? Ah, até que tá bonitinho. Sorriu, encarando o pentelhinho branco. Que gracinha!, refletiu Narciza.

No dia seguinte, resolveu marcar consulta com um dermatologista, porém, com uma intenção, a de não fornecer o mapa da descoberta alva. Marcou consulta.

– Isto é mais do que natural, Dona Narciza. Daqui para diante, outros cabelos brancos vão aparecer e a senhora deve aceitar, nada pode contra a natureza, e alguns outros vão surgir por toda a parte do corpo, em alguns locais, mais do que em outros.

– E, não há nenhum remédio para evitar, doutor?

– A ciência ainda não encontrou nenhum, Dona Narciza, tente se conformar. Se isso lhe incomodar muito, tente cortá-lo ou então tingir, como fazem as pessoas normais.

– É mesmo, doutor, só tingindo mesmo.

A consulta não demorou muito tempo, e foi assim que Narciza começou a tingir seu pentelho branco, procurando a cor mais próxima. Apesar de tudo, tinha até muita sorte, já que muita gente, muito mais cedo, atravessa o portal da velhice.

Desde que Narciza se separou, Juca Beiçola tornou-se o seu grande amor. Um cara com vasta cabeleira encaracolada, um bigode que mais parecia uma vassoura desgrenhada e dois lábios que, de tão grossos, davam a impressão de uma xoxota horizontal. A cabeleira, puxada para o alto com Gumex, um gel dos tempos antigos, conferia-lhe maior altura, pelo complexo que tinha, considerando-se muito baixo.

Usava bigode para aparentar maior dureza. Os lábios eram o atestado de que sexo oral significava a sua preferência. O pentelho branco preocupava Narciza. Agora então, com o relacionamento com Juca Beiçola, apesar do apelido, um cara com certo respeito, jamais permitiria que ele descobrisse o seu cabelo branco.

Os dias foram passando, e as atitudes de Narciza iam se modificando lentamente. A cada pentelho que aparecia, o recurso da pintura se acentuava a tal ponto que suas atitudes começavam a tomar outros rumos, masculinizando-se.

– O que está acontecendo com você, Narciza? – indagou Juca

Beiçola, após um encontro numa noite completamente irregular.

– Que eu saiba, nada, amor. Por quê? Acha que eu tô diferente?

– Tá completamente diferente, Ciza.

– Diferente como?

Juca engoliu em seco, com receio de falar. Narciza levantou-se, sem sair da cama.

– Você pegou cacoete de homem.

– Cacoete de homem? Como?

– Ciza, você tá coçando a xota a todo instante, como homem faz com o saco.

– É mesmo? Tô fazendo isso?

Narciza olhou para o teto meio escuro.

– Narciza, você vive se coçando agora. Parece até que tá colocando pó de mico ao invés de talco. Tá com alguma alergia?

Narciza levantou-se definitivamente e foi até a janela do quarto, sem responder. Mesmo sem ver nada na escuridão da rua, procurava vislumbrar uma resposta. Voltou-se para Juca, ainda coberto pelo lençol, acompanhando seus passos.

– É melhor você ir, amor, já é muito tarde e tenho que acordar cedo para trabalhar.

Sem alternativa, mas muito desconfiado, Juca vestiu a roupa e se mandou pela porta da frente, sem olhar para trás, com os pensamentos negativos, desconfiando de alguma doença venérea. Narciza não se percebera, coçava a todo instante a xota, como homem faz com o saco. Mas, o que fazer, se a comichão a irritava tanto? Já coçou em plena missa, na fila do banco, com muita gente observando e até interrompendo a trepada, no momento do sexo oral, justamente com o seu grande amor atual, Juca Beiçola.

Mais do que o amor, o hábito se apoderou dos dois e, muitas vezes, eles voltaram a se encontrar com a comichão permanecendo. Narciza usava todos os recursos para evitar pentelhos brancos. Continuava a receber conselhos de vizinhas, unguentos de um centro espírita, que quase chamuscou seus pentelhos e os beiços do Juca. Quase embriagou o namorado, depois de uma visita a um macumbeiro, que lhe deu um coquetel à base de cachaça da pesada.

O hábito bilateral não tinha fim, com Narciza, que adorava ser chupada, e Juca Beiçola chupando, com muito mais prazer do que até mesmo penetrá-la. Mesmo os hábitos mais prazerosos podem ser interrompidos, quando algo de novo aparece na vida. Pode até ser por acaso, fato que certas religiões não admitem por convicção ou até por convenção, nada de admirar, já que quase tudo no mundo é convencionado.

Na repartição onde Juca trabalhava, apareceu uma nova funcionária que despertou sua atenção. Jovem, magrinha, tão branca quanto um cadáver, cabelos vastos, aloirados, olhos verdes. Usava um vestido bem longo, quase chegando aos sapatos, e tinha um ar de acanhamento, como se necessitasse de alguma proteção ou de alguém que a aconselhasse. O sorriso, mais branco ainda, patenteava sua timidez.

Tudo isso despertou em Juca Beiçola um doentio desejo pelo que estava por dentro daqueles vestidos longos, que Mariazinha usava todos os dias. Fenômeno que ocorre com muitos homens, quando as mulheres mostram poucos detalhes de seus corpos. É como o mapa de uma mina ou uma mensagem codificada, que acarreta uma imensa vontade de decifrar. Juca, então, passou a sonhar com a nova funcionária e esquecer os encontros com Narciza que, pelo menos, passaram a ser muito mais esparsos.

Rituais são fenômenos interessantes, não custam nada, mas podem cansar, encher o saco pela rotina que os caracterizam, já que as mudanças na vida são importantes. Mas, podem ser interessantes também. Cansada de arreganhar as pernas, todos os dias, para pesquisar os novos pentelhos brancos, Narciza resolveu detalhar mais todo o corpo, quando percebeu alguns cabelos brancos na cabeça. Bem visíveis. Chocou-se. Temia que a situação piorasse.

Tô perdida, porra, tô perdida. Bem que aquele jovem, lá na fila do banco, me ofereceu o seu lugar. Definitivamente, tô ficando velha. Acho que vou quebrar esse maldito espelho côncavo ou então, vou comprar um convexo, pra diminuir a imagem. Sacanagem, disse pra si mesma.

Recomeçou, então, todo aquele procedimento usado para os pentelhos. Dermatologistas, receitas dos vizinhos, espiritismo, macumbas, deus e o diabo. No entanto, não teve alternativa, a não ser tingir os cabelos. Preocupou-se tanto, tanto com eles, que começou a aceitar e até esquecer a velhice, principalmente a dos pentelhos.

Mariazinha tinha um caso com um cara da sessão. Suscitou em Juca Beiçola o ensejo da competição, que, a todo custo, empreendia os mais diversos comportamentos para conquistá-la. Recadinhos ao pé do ouvido, flores, atitudes machistas no decorrer do trabalho, já que a vítima era tímida e possivelmente carente, precisando de um macho. Juca utilizava todo o possível concernente à sua cultura suburbana, sem, porém, entrar em litígio direto com seu concorrente.

Mesmo ainda não tendo conquistado Mariazinha, com a mente apenas voltada para ela, esqueceu seus encontros com Narciza, ficando um longo e tenebroso tempo sem procurá-la. Um hiato perigoso, capaz de provocar ansiedade e até depressão e solidão.

Quebrar a vida e encontrar o nada pelo nada é a paz inerte, pior do que a mais terrível das guerras. Uma desarmonia sem emoções é melhor do que qualquer indiferença. Uma guerra tem mais valor do que a paz, quando a paz significa o nada, morbidez. As coisas grandes e belas, os prazeres maiores, não podem ser comuns, medíocres.

Numa certa manhã, o telefone tocou bem cedo no escritório. Juca sempre chegava adiantado, para ter mais tempo de embriagar-se com a beleza de Mariazinha. Ela atendeu, como boa funcionária.

– É pra você, Juca.

– Pra mim, a essa hora?

Ansiosa, a voz falou do outro lado da linha.

– Tá na repartição?

– É óbvio, tô aqui, quem fala?

– Ué, não tá reconhecendo a voz?

– Ahhh, é você, Narciza?

Juca virou-se de costas, escondendo o telefone.

– É lógico que sou eu. Puxa! Quanto tempo, já tava com saudades.

– Tava mesmo? Que bom.

– Pois é, depois desse tempo todo, pensei que pudéssemos nos rever. O que ficou fazendo?

– Só trabalhando, Narciza, só trabalhando. Sou um escravo daqui da repartição. Curtindo a saudade também – disfarçou.

Juca viu Mariazinha o observando. Sorria meigamente e ouvia atenta, enquanto as mãos disfarçavam, embaralhando uns papéis em cima da mesa. Os olhos dele, com raios X, já se desviavam para a direção do longo de Mariazinha, focando a genitália.

As lembranças dos momentos com Narciza foram muito fortes, capazes até de apagar a imagem subjetiva de Mariazinha, com a qual viveu apenas virtualmente. Jamais gostou de viver de sonhos, de irrealidade. Somente as utilizava como um meio para conquistar seus objetivos. Não gostava de sonhar, gostava de agir. Seu mundo era assim e não se importava com as consequências. Desse o que desse. Para ele, o juízo moral não importava e sim, o instinto.

O mundo interior só tem fantasmas e reflexos enganosos, já que eles não existem. A vontade tinha como desdobramento o ato, a ação, mas o prazer maior estaria sempre no ato, na consumação. De repente, tocou o telefone da repartição, era Narciza, que procurava por Juca.

– De onde você está telefonando?

– De casa, Juca. Por quê?

– Estou morrendo de saudade, vou já pra aí.

– Você não está trabalhando, não está na repartição? Ei... ei, Juca .. Juca.

Juca abriu a beiçola e deu um sorriso bem amarelo para Mariazinha, batendo com o telefone negro no suporte.

– Maria, faça-me um favor.

– Eu?

– É – falou com autoridade. – Diga ao chefe que minha mãe morreu. Tô indo. Fui.

E, saiu pela porta afora, em desabalada correria.

Alguns minutos passaram. Narciza já o conhecia bem. Deixou a porta da sala, que dava para uma varandinha, escancarada. Perfumou-se toda, mais ainda nos pentelhos. Nunca se enfeitara tanto e sorria como se fosse o primeiro encontro, a ansiedade juvenil, o sorriso do incontrolável, a inconsequência da vontade natural. Tratava-se de um ritual que não se tornou apenas rotina e sim, felicidade, a determinação do encontro depois da dúvida, da incerteza.

O ônibus demorou, mas o amante chegou. O portão também estava aberto. Ele o empurrou com força, subiu alguns pequenos degraus, atingiu a varanda e encontrou Narciza, na sala, de pé, em frente à porta, aguardando sua chegada. A cabeleira de Juca estava mais longa, desgrenhada pela viagem, mas não importava. O bigode, sem aparar há bastante tempo, mais grosso ainda.

Os anjos tocaram suas trombetas, quando os dois se agarraram freneticamente. Assim ficaram, trocando seus fluidos, respirando profundamente, agarrados, como se fossem xifópagos. Um só. Juca se afastou um pouco e encarou Narciza, bem nos olhos. Respirou o seu agradável perfume e sorriu, sem que os seus dentes aparecessem, escondidos pelo bigode. Não importava, o bigode sorria.

Beijou Narciza na boca. Olhou mais uma vez seus olhos com delicadeza e foi desabotoando sua blusa. Atirou-a sobre o sofá da sala, ainda com a porta aberta para a varanda. Arriou a cabeça, arrastando o bigode grosso sobre os peitos de Narciza, deslizou pelo seu ventre, sempre grudado ao seu corpo quente. Desabotoou a saia e apenas deixou-a cair a seus pés, arreganhou os dentes, mordendo a parte superior da calcinha e desceu-a até seus joelhos trêmulos. O resto era só silêncio.

O mundo todo estava lá fora e não importava. Os dois permaneciam numa outra dimensão, longe do natural, distantes do medíocre. O instinto superava o juízo moral, religioso, com valores invertidos, sem vontade de viver. O reino do Diabo superava o reino de Deus. O desejo superava a inércia. A vida pulsava com intensidade, a plenitude dos sábios e heróis. O céu, inalcançável por muitos, estava ali, no chão.

Juca, então, naquele ato supremo, se extasiou fartamente, praticando sexo oral, deixando Narciza extasiada, conseguindo que ela se transportasse para os céus, ouvindo a suave melodia das trombetas dos anjos seculares.

De repente, Juca Beiçola largou o corpo de Narciza, ainda alucinada.

– Juca, Juca, o que aconteceu? O que houve?

– Lindo, lindo, lindo! – berrou o bigodudo, repleto de satisfação.

Narciza não conseguia entender aquela interrupção repentina, mas ousou perguntar.

– O que houve? Nunca te vi assim, tão sorridente. Tão diferente.

– Teus pentelhos, Narciza, teus pentelhos.

– O que há com meus pentelhos, Juca? – indagou, tapando seu sexo com as duas mãos, muito preocupada.

– Teus pentelhos estão lindos, lindíssimos, Narciza.

– Meus pentelhos? O que é que tem meus pentelhos?

– Essa mecha de cabelos brancos, que beleza, que beleza! Estão lindos, lindos!

Os anos passaram. Muitos e muitos anos. Os amigos íntimos do casal afirmaram, com bastante certeza, que eles continuaram juntos, por muitas e muitas chupadas. Com bigode branco e tudo.

Vinte e seis.
O abião sem asas

Em toda a rua de subúrbio, há sempre um vizinho que fura a bola dos garotos. Inevitável, sempre. Na Rua Olina eram dois e moravam exatamente no local onde se jogava futebol.

Um, meio maluco, se existe esse termo para classificar os loucos, quase não saía de casa, e, quando o fazia, assustava a garotada, por ser feio demais. Um sujeito cabeludo, com os cabelos encobrindo os olhos. A turma não conseguia descobrir para onde ele estava olhando, tinha as sobrancelhas cerradas, sempre com semblante de extrema seriedade.

O outro, pelo contrário, estava sempre presente às peladas Assistia a tudo, pelo lado de dentro da casa, junto ao muro da frente, vigilante e insano também, mais doido ainda para que a bola caísse em seu quintal e pudesse devolvê-la para os garotos. Furada. Fatal, não perdia um jogo sequer.

O homem era baixinho, careca, cara de mau, olhar fumegante e, sempre que saía de casa, quando não havia pelada, vestia uma calça de veludo preto, camiseta branca, como se fosse o uniforme de um herói de história em quadrinhos. Levava um serrote na mão e, por vezes, um martelo na outra. E nunca dispensava um chapéu de aba larga, cor marfim, mais surrado do que criança malcriada.

Naquela época, em toda rua de subúrbio, Joões e Josés existiam aos montões, furadores de bolas fáceis de serem furadas, por serem fabricadas somente de borracha e quase sempre, de cor vermelha.

E, o mais impressionante é que dez ou doze garotos juntos tinham medo, medo terrível, de apenas um João ou um José. Hoje, apenas um garoto, um pivete qualquer, mete medo, assusta dez ou doze Joões e Josés.

Como havia muitos Josés na Rua Olina, o Seu José, furador de bola, era conhecido como o Seu José da Dona Elvira Baixota. Dona Elvira era esposa dele, bem mais baixa, porém muito mais simpática, sempre sorridente. O único perigo com ela era que, se alguém, por delicadeza, ao encontrá-la na rua, perguntasse como ela estava passando, corria o risco de perder muito tempo, porque ela contava.

Seu José da Dona Elvira caminhava sempre com martelo e um serrote nas mãos. Carpinteiro que era, metia medo na garotada, como no faroeste americano, quando os cowboys, em pleno Texas, caminhavam com duas pistolas, uma em cada lado do corpo.

Qualquer garoto torcia para que alguma coisa ruim acontecesse com ele. Um acidente, ou uma porrada nos cornos, dada por algum cara bem forte, seria de bom alvitre para satisfazê-los. Seria como uma vingança, já que nenhum garoto tinha coragem ou mesmo falta de educação, para realizar qualquer delito.

A segunda guerra mundial estava prestes a terminar, os aliados libertaram a bela Paris, além de conseguirem invadir a Alemanha, para satisfação de todo o bloco ocidental. O rádio mantinha informados todos os países envolvidos ou não, quando o Brasil também se preparava para entrar em ação.

A criançada, inocente, nem temia e até curtia o noticiário na imprensa, inclusive contribuindo com a campanha aliada. Acumulava nas esquinas das ruas, junto ao poste luminoso principal, uma verdadeira pirâmide de metais, atingindo vários metros de altura, atendendo às autoridades militares, para ajudar os soldados em guerra.

Muitas vezes, o céu era rasgado por aeronaves voando pelos tetos de Quintino. De um lado para outro, traziam apreensão à população e mostravam o clima do que estaria acontecendo no mundo inteiro.

O outono é a mais bela das estações do ano no subúrbio, quando o sol não é intenso, mas amarelinho e aquecedor. na medida certa. Foi em um dia outonal que algo diferente, monstruosamente apavorante, pairou pelos ares do bairro. Bojudo, gigantesco, parecendo mais um quibe cinza voador: singrava o ar um enorme dirigível, o famoso Zeppelin, voando a certa altura.

A máquina voadora chamava a atenção dos moradores, que corriam em aglomerados até a esquina, perplexos e amedrontados. Assistiam à passagem da enorme e diferente forma ovalada. Alguns, pelo contrário, escondiam-se dentro de casa, alucinados e berrando, como se estivessem sendo atacados pelos nazistas, que teriam lançado uma enorme bomba voadora sobre Quintino.

– Está voando bem acima da nossa rua! – gritou um dos moradores, batendo palmas.

– Que bonito, papai! – exclamou uma menininha sorrindo, agarrando-se às pernas do pai, sem tirar o olho do dirigível.

– Parece um besouro voador – disse outro morador, visualizando com uma enorme luneta.

Foi em meio a esse tremendo alvoroço, a esse tremendo reboliço, parecendo uma grande festa, com todos os olhares voltados para os céus de Quintino Bocaiúva, que o portão da casa do Seu José da Dona Elvira Baixota, o furador de bola, se abriu e deu passagem a ele, se mandando logo a seguir, em direção à multidão e se juntando a ela.

No meio da rua, estático, nem soube onde colocar o martelo e o serrote, já que a intenção inicial era levantar os braços e reverenciar a máquina voadora. O rosto virado para o céu, os olhos arregalados, os lábios inquietos, como se quisessem dizer alguma coisa. Respirou fundo, por alguns segundos e depois, berrou em alto e bom som, de forma explicativa:

– É um abião! É um abião sem asas!

Foi o bastante. Era do que a garotada precisava. Queria encontrar algo de errado e risível no Seu José, o furador de bola, para torná-lo mais absurdo ainda. Valera a pena aguardar tanto tempo. O Seu José não seria mais um Seu José comum, Seu José qualquer. Chamar um dirigível de um "abião sem asas" fora o máximo do ridículo! O acontecimento inaugurou, de vez, o apelido definitivo, marca comum dos garotos de subúrbio, pródigos em apelidos, identificando cada um pelas suas características.

O dirigível foi a novidade, e o batismo do furador de bola finalmente ocorreu. A segunda guerra mundial permaneceu, assim como a pirâmide com metais para a guerra, que aumentava a cada dia. A cobra fumava com a Força Aérea Brasileira, que participava da guerra, auxiliando os aliados no front, contra nazistas, alemães, italianos e japoneses, naquela ocasião, inimigos ferozes da democracia.

Sempre com o serrote e o martelo nas mãos, Abião sem Asas continuou furando bolas, retendo pipas, papagaios e estraçalhando os pequenos balões da época, que caíam em seu terreno.

Durante as peladas, continuava assistindo, por trás do muro de sua casa, aguardando a chegada da bola, tudo porque era o melhor lugar para realizar a pelada. Quando uma pipa ficava presa nos seus fios de eletricidade, imediatamente, além da Light, chamava também a polícia, pondo em fuga toda a garotada, como se fortalecesse sua felicidade com a infelicidade dos garotos.

Certa vez, Abião sem Asas voltava do trabalho, passando por uma das ruas que formavam a esquina, exatamente a João Barbalho, perto da Ponte Londrina. Um garoto mais atrevido o chamou, berrando muito o apelido recente, "Abião sem Asas!". O furador de bola parou de caminhar, foi até o garoto e o grupo dele. Ficou em dúvida durante alguns segundos, sobre se deveria usar o martelo, mas, acabou dando com o serrote na cabeça do Irapuan. Os outros garotos ficaram perplexos, mas não reagiram, apenas socorreram o amigo, fugindo do agressor, considerando que talvez fosse pior se ele tivesse usado o martelo, dando uma de "O Poderoso Thor". Só que serrote também provoca galos na cabeça de quem é atingido.

Passaram anos e poucas mudanças ocorreram na Rua Olina.

Como sempre, pouca coisa acontece no subúrbio. Por isso, a pouca vida que se vive fica sempre na memória, mas são emoções fortes, inesquecíveis. As amizades são eternas, definitivas.

As peladas ganharam os estádios e muitos craques surgiram no bairro e se tornaram profissionais fantásticos. Muitos se tornaram doutores, empresários e diretores de grandes firmas. Moradores ergueram um segundo andar em suas residências. Os modestos balões cresceram assustadoramente, provocando perigo e incêndios. O mundo ia progredindo a passos largos, mas o subúrbio a passos lentos, sem que se tivesse certeza de que seria um bem ou um mal para a humanidade.

Ninguém ouvia falar de tóxicos, nem de assaltos ou ladrões, a não ser os de galinha. E Seu José nunca esqueceu o dirigível, comentando sempre com os poucos parentes que o visitavam. Dirigia-se à esquina, para apontar de onde ele e a multidão avistaram a máquina voadora, o avião sem asas.

A Rua Olina, uma das ruas que formavam a esquina, terminava num morro, exatamente o Morro da Caixa D'água, repleto ainda de árvores, como uma pequena floresta tropical. Era onde os balões da época bojavam, caíam e os garotos recolhiam no dia seguinte. O local foi substituído, infelizmente. Árvores e balões deram lugar à favela, com alguns bandidos que se utilizam dela.

Alguns anos depois, numa certa tarde de verão, os céus da Rua Olina foram invadidos por inúmeros helicópteros de todos os lados, fazendo um tremendo barulho e passando bem rente às residências. Sobrevoaram, inclusive, a casa de Seu José, o Abião sem Asas, que saiu à rua para verificar o que estava acontecendo. Perplexo, novamente, mesmo muito tempo depois, chamou a esposa. Foram juntos até a rua e berrou novamente, bem alto, e em bom som, observando os helicópteros e lembrando-se do dirigível:

- Beja, Elbira, beja, quantos filhotes ele deu!

Vinte e sete.
O amor e a obra-prima

Havia certo artista que quando pintava um retrato transcendia a realidade, transportando para a tela a alma do modelo. Havia algo mais do que arte em suas mãos e em sua sensibilidade, que pareciam conduzidas por alguma coisa tão estranha, que nem ele mesmo tinha consciência. Uma transformação inquieta, assim como uma gaveta a ser aberta.

O segredo de sua arte não morava no mundo real, razão pela qual nenhum crítico conseguia elucidar aquele grau de sensibilidade de que era dotado. Pintara vários retratos e, a cada tela, um pouco de sua realidade se transferia para a obra, chegando ao ponto de se perder no que estava realizando. O esforço sobre-humano era sempre um caminho sem fim, iluminado pela sua imensa vaidade, como artista que era. Fora dele, todas as grandezas se tornavam pequenas.

Certo dia, estava ele em seu atelier, pintando febrilmente, quando uma mulher humilde, vestindo uma roupa triste com tons de marrom e cinza, uma saia bem comprida se arrastando pelo chão, o procurou para pedir que pintasse o retrato dela. Era linda, tinha a face esbranquiçada, os cabelos bem negros, assim como os olhos, que denotavam tristeza e desalento. Sabia da fama do pintor, mas não da razão por que o procurara, confessando estranhamente que não possuía dinheiro para lhe pagar. Era, porém, o seu maior desejo ser pintada por ele.

O pintor a recebeu com naturalidade, impressionado com sua beleza exuberante e ao mesmo tempo triste. Uma expressão tão marcante, capaz até de modificar a razão. Parecia estar mergulhada somente em sua vida interior.

Uma miragem em meio a todos aqueles retratos que pintara até então. A pele, sem rugas, pálida e lisa. Mantinha os braços arriados e imóveis, como se estivessem muito cansados. As parcas flores desenhadas no vestido pareciam colhidas do

Além. Na realidade, tudo lembrava o crepúsculo, num dia de chuva com as velas dos lamentos das segundas-feiras.

Entreolharam-se durante sempre, calmos, quietos, como se os segundos estivessem se transformando em eternidade. O encanto supremo transformou o ego do pintor num infinito de desejos, punido por sua grandeza e espanto ao mesmo tempo. Ela parecia a soma de todas as belezas que ele havia pintado. Apaixonaram-se.

Assim, o pintor executara a obra magna de toda a sua existência, a ponto de até mesmo a crítica especializada não conseguiu conceber a perfeição e grandiosidade daquele retrato. Pinceladas invisíveis escondidas sob a tela, num sorriso tão enigmático quanto o da Mona Lisa, que Da Vinci levara cinco anos retocando. Se o sorriso de Gioconda denunciava gravidez, o da mulher, o infinito alcançado.

A cada dia que passava, o pintor se apaixonava mais e mais por sua obra, vivendo os três um grande amor, ele, ela e a tela. Até que, poucos anos depois, numa manhã nebulosa, cor de chumbo, a mulher resolveu confessar um drama terrível, uma verdade absoluta, um grande problema que carregava durante muito tempo.

O pintor espantou-se, julgando que todas as verdades da vida já estivessem sido divulgadas. Só que há verdades muito cruéis, sem idade para serem ditas e que só o tempo tem autoridade para consagrá-las, fazer da omissão uma desculpa e da cura uma mentira.

Com os olhos marejados e o sorriso terno, ela confessou ali, na sala onde estavam, na presença da tela pendurada na parede, o seu drama, afinal:

– Estou morrendo, meu amor, não tenho mais nenhuma esperança. É difícil lhe dizer isso, muito difícil. Eu queria contar, desde o primeiro dia em que nos conhecemos. Sou portadora de uma doença grave, incurável, que está me consumindo e me fazendo sofrer muito. Você, o pintor famoso que eu passei a conhecer, pessoalmente, foi mais importante do que eu julguei. Naquele dia em que vim lhe pedir que me pintasse, o sonho de me ver numa tela, enquanto houvesse vida, tomou conta de mim. Eu ia propor te pagar depois, através de um seguro. Ia acordar isso contigo. Depois, no entanto, daquele teu olhar de mistério a ser desvendado, deixei que as circunstâncias trilhassem o nosso caminho e o nosso destino.

O pintor manteve-se quieto, escutando perplexo, atento, sem ousar qualquer indignação, enquanto o perfume dela chegou até ele, com forte cheiro de solidão.

Ela continuou:

– Verdade, querido, a morte não tem pressa, mas chega. Agora, você já sabe de tudo. Tenho poucos dias de vida.

O pintor resolveu interpelar, mantendo-se estupefato.

– Só não consigo entender o porquê de você nunca ter me falado. Eu poderia ajudá-la.

– Há fatalidades sem cura, meu amor. Eu não queria que você sofresse por mim. – E enquanto falava, ela olhava para o pintor e para a tela pendurada na parede. – Não seria justo. A tua alegria passou a ser a minha alegria. A tua tristeza passou a ser a minha tristeza. Sei que é muito difícil entender essa atitude e agora... a minha partida prematura. Não achei justo, repito, não queria viver contigo uma cumplicidade em agonia.

Depois ela calou-se, baixando suavemente a cabeça, enquanto ele observava a mulher e a tela e procurava alguma explicação. Aconteceu, em seguida, um silêncio gritante. Ela e o quadro o fascinavam ainda mais quando juntos. Ele observava o retrato, distraído.

O mundo parecia enroscar-se, obnubilando a manhã cinzenta. A cruel realidade havia se desnudado diante dele, com a sombra acabando de encobrir o lindo amor que os dois viviam, como uma noite que chega antes do entardecer.

Durante todo o tempo em que estavam juntos, nunca precisaram de nada além deles mesmos. Tudo começara acidentalmente, com grandeza, porque, de verdade, nunca há pequenez nos começos. Aliás, ela era dois, misturada ao retrato pendurado naquela parede da sala. O rosto da realidade começava a se tornar distante, dilacerava-se, transformando-se em agonia.

Alguns dias passaram, tornando o silêncio infinito e a importância de viver, finita. Até que numa dessas tardes mergulhadas na imensidão das trevas, os dois fizeram um pacto para que houvesse um ritual durante o enterro, o qual deveriam viver intensamente, enquanto ela estivesse viva. O olhar dos dois permanecia mutilado.

– Querida – disse ele com muita amargura – se eu te perder, o que eu não esperava jamais, não tenho mais razões para permanecer com o retrato na parede. Não teria coragem de vê-la todos os dias, sabendo que você não existe mais. Ele irá com você. Nada mais me importará. O retrato estará contigo, no enterro.

Ele falava e, enquanto isso, ela escutava sem ouvir, longe da realidade, inerte, estranhamente tranquila. Aquele momento era como um passado, perdido no tempo e no espaço, formando, os dois juntos, a crucificação mortífera.

Enfim, ela morreu. As duas obras-primas foram enterradas juntas, numa cerimônia triste e melancólica, com apenas a presença do coveiro, no Cemitério de Inhaúma. Era um lugar repleto de longos salgueiros, enfileirados como um cortejo militar, alamedas desgastadas pelo tempo e flores já fedorentas, espalhadas pelos caminhos de morte. Tinha uma atmosfera de lamentos, recordações fúnebres, lápides profundas e luxuosas, misturadas às campas encarquilhadas, denunciando que há desigualdade até entre os mortos. As diferenças constituem um fato e não, uma crítica.

O pintor e a modelo amavam-se realmente, mesmo havendo muita mentira em nome do amor. Doces palavras que simulam o sentimento e passam a preencher a vida com ideias, religião e até mesmo com o amor. Que não é amor. E a vida só pode ser preenchida com a própria vida, priorizando os instintos.

O tempo passou, como sempre passa, muito curto. Por mais longa que seja a vida, vai apagando saudades, dilacerando os sonhos, mas também impondo ilusões, insensíveis à dor e às juras, desejando livrar-se do silêncio do nada e ensejando novas aventuras, melhores dos que às da realidade.

O pintor recomeçou a pintar retratos, muitos. Porém, jamais conseguiu repetir aquela obra-prima, da qual sempre se envaideceu. Tentou outras mulheres, também atraentes, ricas damas da sociedade, gente que o procurava em seu atelier. O estúdio ficava numa rua modesta de Quintino, perto da montanha. Até mesmo no subúrbio era pago regiamente, mas houve o dia em que precisou recusar tantos compromissos.

Numa manhã ensolarada, uma mulher muito parecida com aquela que amou apareceu em seu atelier, desejando que a pintasse nua. Seu semblante era quase igual ao da tela enterrada no cemitério, mas seu corpo não havia como ser comparado. Sua amada, na realidade, se aproximara da perfeição e, como uma obra de arte, jamais poderia ser copiada, como dois seres que nunca seriam iguais, em mente e corpo. Como a verdade que nunca será repetida.

Sem conseguiu repetir tamanha obra-prima, assim que voltou a conviver com o mundo da arte, a vaidade do artista o fez ser transportado para o passado, como numa máquina do tempo, justamente para o passado que estivera pendurado na parede de sua sala lilás, agora, vazia e sem significado.

A tela com o retrato da mulher amada começava a transformar a sua realidade. Por não ter conseguindo nunca mais realizar outra obra igual, começava a engendrar ideias sinistras, um plano tétrico, absurdamente aterrorizante. Pensava incessantemente na pintura enterrada no cemitério, por entre os altíssimos e horrorosos salgueiros, balançando a sinfonia louca dos ventos uivantes, lembrando a quinta de Beethoven. Estava lá a sete palmos abaixo da terra barrenta.

Há desejos que beiram o abismo, a loucura, a loucura pura, porém, o que seria do homem sem a loucura, já que os normais jamais foram capazes de mudar o rumo da história?

A cabeça do pintor permanecia engendrando um plano diabólico que, a cada dia, ia se robustecendo. Sentia saudades de sua obra-prima, já que conhecia todos os segredos de sua arte. Sabia que o verniz que empregara na tela a protegeria por muitos anos e que, por séculos, ela seria resguardada assim como as grandes obras da Renascença - Da Vinci, Michelangelo - e do Impressionismo - Renoir e Monet - até hoje, apesar das inúmeras exposições mundiais.

Estudou, então, a arquitetura do Cemitério de Inhaúma. Organizou, durante dias e noites, uma planta com todos os detalhes, como fazia na composição das suas telas.

À noite, o cemitério talvez estivesse fechado e teria que ser estudado durante o dia, apesar da sua amizade com o porteiro, por temer qualquer eventualidade, qualquer surpresa. Percebeu que um dos salgueiros fora plantado junto ao muro lateral, bem perto de onde poderia descer para o solo, para o lado de dentro. Pelo lado de fora, alguns caixotes abandonados poderiam servir de escada para subir o muro. O planejamento o estava deixando febril, como se o sol estivesse em sua testa.

O plano era louco, mas viável. A saudade da obra-prima justificava tudo. Não conseguia conceber outra coisa, que não fosse recuperá-la. De qualquer forma, custasse o que custasse, partiu, então, para consumar o plano diabólico.

Fazia frio, estava escuro e o silêncio só era interrompido pelo piar das corujas e pelo voo rasante dos morcegos. A noite e a coragem arrepiavam. Houve até um momento de fúria em que tentou atingir alguns dos bichos com o punhal em riste.

Respirou um pouco para se refazer e, logo depois, desceu do muro pelo salgueiro escolhido, atingindo um cantão do cemitério, auxiliado pela escuridão. Calculou por onde deveria caminhar até chegar à campa onde fora enterrada a mulher amada, junto com a obra-prima. Dirigiu-se, com cautela, por entre as lápides, pisando nas flores fedorentas. Passou por túmulos suntuosos e estacou algumas vezes, para tomar mais coragem e certificar-se de que as únicas companhias não poderiam lhe fazer mal algum. Seguiu, até chegar ao túmulo desejado.

Parou diante da cova. A noite permanecia escura e fria, mas, sentiu calor. Estava disposto a seguir em frente, porém. Passou a mão pela testa em sudorese, dúbio, antes de erguer o punhal. Olhou ao derredor e se agachou, com bastante cuidado, dobrando os joelhos sobre a terra barrenta.

Testou a arma e começou a cavar com gestos bruscos e desentrosados. Febrilmente, quase insanos. As mãos dilaceravam a terra com vibrante agonia, até começarem a sangrar, quando removia a terra apunhalada. O suor descia pelo rosto como se fosse orvalho aquecido. Cavava mais e mais, com incrível rapidez, se aprofundando pelo buraco, com a terra removida.

De vez em quando, erguia a cabeça para verificar se estava sendo observado. Naquela altura, já acreditava até em alma do outro mundo. Ficou à espreita. Já misturava a lucidez com momentos diabólicos.

Cavou tanto, até que percebeu o vestígio da moldura que ele mesmo fabricava. Com as mãos ensanguentadas, afastou o restante da terra que recobria a moldura e, num movimento rápido, desenterrou-a, largou o punhal para o lado e ergueu a pintura, com terra chovendo sobre o seu corpo ensopado de suor.

Raspou o restante da terra apegada à tela e pulou para fora do buraco. Uma nuvem começou a se afastar e uma nesga de luz vinda do Céu alcançou a tela, deixando mostrar a realidade da grande obra que realizara. A lua acabara de testemunhar. Agarrou freneticamente o quadro e o abraçou, enlouquecido com a obra recuperada.

E assim ficou, silenciosamente, durante um longo tempo. Minutos eternos. Esquecido de todo o resto, inclusive de que estava num cemitério, não sorria, nem chorava, apenas ficou agarrado com o quadro, emocionado.

A lua se libertava totalmente. A cova se tornava mais visível. O luar atingia todo o buraco e o artista começou a vislumbrar a tampa do caixão, já meio apodrecida, recoberta de terra. Com o quadro agarrado ao peito, fixou o olhar no catre e afastou a tela, estendendo-a com os braços para cima. Depois, voltou-se para o caixão no fundo do buraco, olhou-o meio delirante e não se conteve. Nervos a flor da pele, atingido por dentro, em suas vísceras.

Alucinado, pulou para o fundo da cova ainda com o quadro na mão. Ergueu novamente o punhal e, com golpes violentos, destruiu toda a tela, rasgando-a completamente, em todas as direções, atirando o que sobrava para fora do buraco. Fixou-se mais uma vez na tampa do caixão e a estraçalhou, com novos golpes do punhal, as mãos ensanguentadas.

Deparou-se com o corpo da mulher amada recoberto de terra. Havia algum cheiro, estranho, como se houvesse ainda alguma vida no local. Qualquer vida que fosse. Qualquer.

Debruçou-se, com a terra escoando pelo seu corpo todo dolorido. Arrancou o cadáver de dentro do caixão, sem se importar com os restos já apodrecidos. Abraçou-o ardentemente. Assim, ficou no interior da cova fria. Nostálgico, silencioso. Amargurado. Durante quase uma eternidade. O amor acabara de superar a obra- prima.

Vinte e oito.
O bêbado e o cachorro

Seu Nicanor se aposentou do trabalho, mas não da cachaça, da cana, da pinga. Ele e Maroto, seu cachorro, passaram a ser amigos inseparáveis. Esperara com ansiedade por sua aposentadoria, ao contrário dos que a temem, por não terem ideia do que fazer com ela. A maioria das pessoas tem depressão, por não saber o que fazer com a própria vida. Seu Nicanor, não, a esperava com ansiedade.

Maroto também era tranquilo. Dava a impressão de que tudo percebia. Iria passar muito mais tempo com seu dono e não apenas as horas amargas, aguardando sua chegada do trabalho, ao pé da escada. A felicidade estaria completa. Passeios diários estariam garantidos, com tempo de sobra para ambos.

Certo dia, pela manhã, depois do café com algumas gotas de álcool, os dois desciam os degraus de uma longa escada, que dava para a casa de Seu Nicanor. Do fim da escada em diante, caminharam algumas horas, marcando território em vários bares de Quintino e atravessando a ponte londrina, que separava o lado de cá do lado de lá. Ponte londrina, mesmo, estilo londrino, toda de ferro e não de concreto.

O lado de cá e o lado de lá, tanto em Quintino como no Méier, funcionavam como bairros. A divisa era a estrada de ferro. Separava os bairros de Quintino e de Piedade, a estação dos gambás, como era conhecida antigamente. Foi abandonada pelas autoridades, mas poderia ser linda e aproveitada pelo turismo.

Maroto era como a sombra de Seu Nicanor, acompanhando-o sistematicamente para todos os cantos. Por vezes, passava a sua frente e o aguardava mais adiante. Em outras, deixava que ele se distanciasse, para alcançá-lo correndo como um cachorro doido, e saltar sobre suas pernas. No entanto, nunca se distanciava do dono.

Quando desciam a escadaria, Maroto passava à frente e o esperava lá em baixo. Quando subiam, o esperava lá em cima, como se desejasse saudá-lo, à espera do trabalho. Fazia o mesmo nos bares que percorriam. Maroto já conhecia todos eles. Corria rápido na frente e o aguardava na porta do boteco, sorrindo, com o rabo abanando.

Amigos inseparáveis nas caminhadas, com sol ou com chuva. Já conhecidos pela população e sempre saudados com alegria. Seu Nicanor nunca bebia muito num bar, controlava rigorosamente as doses, para que pudesse parar em todos eles. Maroto, tendo até aprendido o tempo exato para cada talagada, abanava o rabo e corria na frente, aguardando a segunda dose e assim por diante, durante todo o dia. Eram alegres. Seu Nicanor sorria com os lábios, com a boca de poucos dentes, e Maroto, abanava o rabo de pouco pelo.

Numa manhã de um sábado lindo, um vizinho, Seu Pereira, o aguardava na parte baixa da escada, apenas para saudá-lo pelo belo dia. Hábito suburbano.

– Lindo dia, não, Seu Nicanor?

– É mesmo, né, Seu Pereira? É mesmo.

– Seu Nicanor, eu sempre o vejo com o seu cachorro. Ele parece gostar muito do senhor. Está sempre lhe acompanhando, né?

– É verdade, Seu Pereira, é verdade. Ele é mais do que um irmão pra mim. Está sempre me acompanhando e faz o que eu peço. É só dar ordem e ele cumpre.

– É mesmo, Seu Nicanor?

– Seu Pereira, não há no mundo cachorro mais obediente que Maroto. Não há coisa que eu peça que ele não faça.

– É mesmo, Seu Nicanor?

– É sim.

Seu Pereira acreditou e já se preparava para ir embora, enquanto Maroto permanecia na calçada, junto ao primeiro degrau da escada, abanando o rabo para os dois vizinhos. Maroto também curtia o dia lindo. Seu Nicanor então lançou um olhar autoritário, em direção à Maroto, e outro, em direção ao vizinho.

– Vou lhe mostrar – prometeu.

– Não precisa, não, Seu Nicanor, eu acredito.

Seu Nicanor deu um passo rápido para trás, estendeu o braço direito para frente, em direção à Maroto, apontou com o indicador e ordenou:

– Suba a escada, Maroto. Suba a escada.

O cachorro não moveu uma pata.

– Suba a escada, Maroto, suba.

Nada. O cachorro permaneceu parado. Quieto.

– Vou lhe mostrar, Seu Pereira, vou lhe mostrar. Dê uma volta,

Maroto. Dê uma volta. Assim, Maroto! – ordenou, executando um círculo com a mão.

Nada, nada. O cachorro nem se mexeu.

– Ele obedece, Seu Pereira, ele obedece. – Seu Nicanor deu um breve tempo, antes de voltar a falar com o cachorro: – Fica aí sentado, fica aí sentado, Maroto – ordenou novamente.

Maroto permaneceu sentado, como estava desde o início, sem mover uma palha. Seu Nicanor sorriu satisfeito para o cachorro, com ares de vitória. Virou-se para o Seu Pereira e sorriu mais abertamente, deixando transparecer menos dentes.

– Eu não disse? Eu não disse, Seu Pereira? Ele obedece direitinho.

Vinte e nove.
O casal vinte

Não havia casal mais perfeito. Perfeito mesmo. Se alguém procurasse pela perfeição e desconfiasse que ela não existisse, estaria errado. Inteiramente. No comportamento, nas festas, nas compras, nos passeios, nos gurufas, nas viagens, em qualquer outro setor da vida. Dez mais dez. Perfeito. A união e a felicidade com que viviam provocavam até inveja nos outros casais. O casal mantinha imensa admiração mútua, onde estivesse. Exemplo de vida correta.

Quando passeavam pelas ruas, irradiavam uma energia positiva que se espalhava pelas redondezas. Enquanto a maioria dos casais, nas noites de verão, preferia sentar nas cadeiras, nas calçadas à beira do portão, Wilson e Alice desfilavam juntinhos, de mãos dadas, curtindo a paisagem, cumprimentando os outros moradores e apreciando o luar que os embalava.

Wilson era goleiro reserva do Atlético F. C. Não era um frangueiro, mas sempre engolia algumas bolas defensáveis. Um cara risonho, simpático, com muitos amigos, apesar do irmão brigão. Estatura mesmo de goleiro, mas com pouca escolaridade. Quase ninguém sabia o que ele fazia na vida quando não estava jogando.

Alice era uma moça séria, dificilmente sorria, sobrinha de Dona Maria Labareda, com quem conviveu desde pequena. Muito trabalhadora e companheira inseparável.

Naquele par, nenhum dos dois era feio, mas também não eram bonitos. Dois meio bonitos somavam um todo bonito. Casaram e formaram o casal vinte. Nota dez para cada um deles. Como casal exemplar, eles eram citados nas discussões domésticas, com os maridos e mulheres enaltecendo suas atitudes.

Algum tempo foi passando e o goleiro abandonou o futebol e a sua plenitude, demonstrando certa decadência, sempre cabisbaixo, perambulando pelas ruas, mesmo na presença da esposa. Aquilo se tornou estranho para os moradores. Embora permanecessem caminhando juntos, Alice continuava vigorosa, cheia de saúde, despachada. Pouco a pouco, ela tentava proteger o marido, que parecia em estado de apatia, depressivo, como se estivesse definhando.

Cada dia que passava, Wilson, de tão cabisbaixo, nem reconhecia ou queria cumprimentar seus companheiros de equipe. Passava por eles e baixava a cabeça, como se não os conhecesse. Ainda frequentou algumas festinhas locais com os amigos do Atlético, mas dava pena vê-lo naquela situação tão decadente. Até maltrapilho.

Tempos depois, adoeceu de vez, e Alice passou a enfrentar verdadeira batalha para protegê-lo, carregando-o para médicos, laboratórios, exames, precisando até auxiliá-lo a andar. Levantava-o, dando de comer na colher, e os vizinhos passaram a comentar que até o rabo dele ela limpava. Por sorte dele, ela, verdadeira Amélia, sempre em vigília, repleta de saúde, vigorosa e muito protetora.

Mas o destino muitas vezes prega uma peça, dessas incompreensíveis, justamente em quem mais precisa viver para sustentar os que dependem de si. Ou sobreviver. E, assim, numa manhã de segunda-feira, quando cumpria um compromisso para o próprio marido, Alice, que era saudável, forte e insubstituível, foi brutalmente atropelada por um enorme caminhão.

O acidente foi em frente à estação de Quintino. O motorista que a atropelou não foi culpado, segundo inúmeras testemunhas. Muito preocupada com o marido doente, Alice atravessara a rua com o sinal fechado. Morrera instantaneamente.

Foi um acontecimento trágico para as ruas da esquina, onde moravam e eram queridos. Uma notícia terrível e que, imediatamente, espalhou-se pela vizinhança e provocou um amontoado de reuniões, de bate-boca, uma verdadeira convulsão.

O que seria agora da vida do Sr. Wilson? Ele, que sobrevivia protegido por ela?, todos perguntavam. E ela, cheia de saúde, por que fora atravessar a rua com o sinal fechado?, perguntavam todos os vizinhos, sem conseguir resposta alguma. Ela mesma fora a culpada. O motorista bem que tentou frear, mas não conseguiu parar o veículo e isso o fez chorar bastante. Mas o que fazer? Foi a primeira vez que ele atropelara alguém.

– O Sr. Wilson não vai resistir mais do que uma semana – dizia uma vizinha.

– Que uma semana o quê, Dona Filomena? Não dura nem três dias.

– É – confirmava outra. – D. Alice era a bengala dele, a terceira perna, ou a única, porque ele já não tinha nenhuma. Que destino maldito, vai quem é forte e fica quem é fraco!

O enterro foi realizado no Cemitério do Pechincha, em Jacarepaguá, para onde foram todos os parentes, vizinhos e amigos da morta. O comentário geral era sobre o destino do Sr. Wilson, que chegara carregado pelo filho, único do casal. O corpo havia sido velado em sua casa, na Travessa Barros Leite, pois todos temiam pela saúde do viúvo. O velho se arrastava e só não caía, porque não tirava os olhos do chão.

Na hora fatal, em que o caixão foi conduzido à última morada, o Sr. Wilson teve necessidade de ser carregado por três amigos, além do filho. Caso não tivessem cuidado com ele, poderia até engrossar as estatísticas de enterros naquele dia. Quase foi junto com o caixão. Um vizinho chegou a balbuciar ao ouvido do filho, que tomasse bastante cuidado com o pai, desconfiado que ele até pudesse se suicidar.

Os lamentos foram acima do normal, a tristeza se apoderou da vizinhança, bem como a certeza de que o Sr. Wilson precisava ser protegido por todos. Durante o enterro da mãe, o filho ainda lhe aconselhou:

– Pai, agora, o senhor vai morar comigo. Lá em casa, somos só minha mulher e eu. Onde comem dois, comem três. Vai ser bem melhor para o senhor.

– Ele tem razão, Seu Wilson, é melhor o senhor morar com seu filho agora – ponderaram dois vizinhos, que o seguravam pelo braço e o colocavam de volta no carro do rapaz.

– Eu estarei bem, meu filho, pode ficar despreocupado. Eu estarei bem.

– Pai...

– Pode deixar, pode deixar, que eu sei o que estou fazendo. Quero ficar só durante algum tempo.

– Pai, pense melhor. Nesse estado em que o senhor se encontra, eu não vejo como o senhor vai ficar só, mas a vida é sua, e o senhor deve saber o que faz...

O dia seguinte foi de muita tristeza. Ninguém se conformava com a morte de Dona Alice e com o que podia acontecer com o Sr. Wilson. Muito receoso, o filho deixou que ele descansasse o resto do dia e lhe telefonou logo pela manhã seguinte, temeroso com sua saúde. Ninguém atendeu. Talvez estivesse dormindo, coitado. O dia fora muito duro.

Telefonou mais tarde, perto da hora do almoço, mas também não conseguiu resposta. Preocupação. Telefonou também à tarde e nada. A angústia aumentou, porque ele sempre acordava cedo. Teria havido alguma coisa? Uma vizinha fez uns pãezinhos de milho e uma quentinha e foi entregar em sua casa, mas ninguém atendeu também.

– Pela manhã, ele estava aí – disse uma vizinha à mulher da quentinha. – Eu o vi regando as plantas, bem cedo, e até o cumprimentei. Depois, ele entrou em casa e saiu novamente. Estava com uma bolsa na mão.

– Verdade? Ontem, no enterro, ele nem podia andar, tinha até que ser carregado. A senhora tem certeza que o viu? Ele regou as plantas e saiu com uma bolsa na mão? Não entendo, o filho teve que trazê-lo pra casa!

– Bom, nós somos vizinhos há mais de vinte anos, eu não poderia me enganar. Se é estranho não sei...

Os telefonemas continuaram o dia inteiro. Seu filho resolveu largar mais cedo do trabalho e foi imediatamente para a residência do pai, na Rua João Barbalho, bem perto da esquina. Lá chegando, já encontrou uma aglomeração à sua porta, enquanto os moradores tentavam uma explicação para o que ocorrera com o senhor Wilson.

– Ele deve estar dormindo ainda. Vai ver que tomou muito remédio. Ontem, ele nem se aguentava em pé.

– Ou então, tem sono pesado, mesmo – dizia outro.

– Pode até ter morrido. Ele estava muito mal, muito mal mesmo. Durante o enterro de Dona Alice, teve que ser até carregado e quase caiu dentro da cova. – Uma mulher vaticinou e começou a cheirar o ar, como se tivesse algum odor de defunto pairando por ali.

– Que é isso, Dona Florinda? Vai agourar noutro lugar! O senhor Wilson deve estar bem.

– Ué, você não tava no cemitério? Ele tava tão morto quanto a Dona Alice. Só faltava enterrar ele também. Parecia até que ia ficar por lá. A senhora não tava lá? Não viu? Olha, vizinha, tô até com muito medo. Vi uma nuvem negra, bem preta, por cima da cabeça dele, uma nuvem que vagava em volta dele e depois puxava em direção à campa de Dona Alice. Deus me livre, mas acho que ele já tá caminhando pra lá, pro Pechincha.

Aos poucos, a aglomeração foi aumentando e a preocupação

atingindo a todos. No subúrbio, normalmente, qualquer acontecimento, pelo menos triste como esse, assume proporções gigantescas. Quando o filho chegou, ficou estupefato com tanta gente ao redor da casa. Um pressentimento estranho se apoderou dele, que foi abrindo caminho, desnorteado, até atingir a porta da sala, tendo que pular antes o portão que estava fechado. Bateu forte, várias vezes, na porta, mas ninguém atendeu. Tornou a bater, com mais força ainda, mas não obteve resposta.

– Acho que vou arrombar a porta, porra, ninguém atende. É o meu pai! – justificou-se.

– Nós ajudamos, nós ajudamos! – gritaram vários vizinhos.

Num instante, apareceram pés de cabra, picaretas, marretas. A multidão se transformou num pelotão auxiliar, ajudando o filho do senhor Wilson, o que, hoje, normalmente, caberia ao Corpo de Bombeiros.

Em poucos segundos, arrombaram a porta da sala, e a multidão ocupou imediatamente todo o espaço, com o filho à frente de todos. Depararam-se com a sala bem arrumada, bem como o quarto e todos os cômodos, inclusive o quarto de dormir, com a cama feita. Revistaram toda a casa, sala, quartos, banheiro, área de serviço, um quartinho nos fundos e até o quintal.

Revistaram toda a casa, todinha, e o senhor Wilson não estava morto. Nem vivo. Simplesmente, não estava, como também não estava a televisão, ainda preto e branco, o rádio de madeira e alguns outros objetos. Revistaram uma segunda vez, minuciosamente, a casa toda, inclusive o galinheiro, e nada. Nada mesmo.

– É estranho, muito estranho – disse o filho em desalento.

– Eu o trouxe ontem à noite para cá, sei que ele dormiu aqui, porque telefonei quando cheguei a casa. Ainda há café no bule e comida na geladeira. Muita coisa desapareceu e o mais estranho é que todos os quadros pendurados na parede da sala permaneceram no lugar, menos a cópia fotostática do diploma de campeão do Atlético F. C. Estranho mesmo, pois a vizinha em frente diz que o viu pela manhã. Regando as plantas.

O filho do senhor Wilson, comedido, resolveu organizar os moradores, que se inquietavam com o desaparecimento, como se alguém tivesse culpa, mas não se sabia quem. Depois da busca minuciosa, a esperança de encontrar o homem diminuiu e foi desanimando. Foi proposto, então, por um morador, que cada grupo procurasse em todos os lugares possíveis.

Um grupo procurou nos hospitais, enquanto outro vasculhava as delegacias policiais. Pensaram também em algum parente desconhecido. Teve busca nos arredores da residência, tudo foi equacionado, ficando a procura mais séria, o Instituto Médico Legal, para o próprio filho. E assim foi feita uma busca imensa, cansativa, desanimadora. Porém, não encontraram o Sr. Wilson.

- Filho, procuramos em todo lugar, tudo, tudo, tudo. Você deve se preparar para o pior, esperamos que não, mas temos que ser realistas. Ele pode até estar caído por aí. Vamos torcer, vamos torcer. Se precisar de nós, estaremos preparados para ajudar. Disseram os moradores, provavelmente numa última reunião.

Algumas semanas passaram. O mistério do desaparecimento do Sr. Wilson permanecia, com o povo lamentando o final melancólico do casal mais feliz de todos os tempos nas redondezas - o casal vinte -, do qual os moradores se orgulhavam.

Numa bela manhã de sol, com os moradores transitando pelo local normalmente, um enorme caminhão de mudanças parou bem em frente à casa do Sr. Wilson. Mais alguns minutos e saltaram uns homens fortes, uniformizados.

Os rapazes tinham o logotipo da empresa bordado nas camisas e eram liderados por um cara cheio de personalidade, com um boné listrado e o nome da empresa "Andorinhas", em evidência. Saltaram e dirigiram-se à residência, com um molho de chaves nas mãos.

Abriram o portão tranquilamente e foram até a porta arrombada, já reparada. Abriram-na e começaram a levar os móveis para o caminhão, despertando a curiosidade dos vizinhos próximos, que partiram em direção ao homem do boné listrado, que comandava a mudança, com alguns papéis nas mãos.

A vizinhança estranhou e correu para o local.

– O que que está acontecendo, meu senhor? Essa casa é do Sr. Wilson, o filho dele vendeu? – indagou de imediato uma vizinha, espionando o caminhão por dentro.

– É, o que que houve? – perguntou outro, mais curioso ainda.

– Meus senhores, apenas sei que a casa foi vendida há algum tempo, e a dona nos contratou para fazer a mudança. Até os móveis foram comprados por ela, por isso estamos aqui. – O homem falava e mexia com os papéis nas mãos, como se desejasse mostrá-los.

– Mas, o senhor tem ideia de quando a casa foi vendida e de quem a comprou?

– Nenhuma, meu senhor, nenhuma. Sou apenas um funcionário da empresa, cumprindo seu trabalho.

Aos poucos, os homens de uniforme foram esvaziando a casa, enquanto alguns moradores iam se aglomerando e um deles, mais do que rápido, correu e foi telefonar para o filho do senhor Wilson.

– A mãe do Dois Dois, (João e Alfredo, dois irmãos gêmeos com o mesmo apelido, Dois Dois) já telefonou pra cá, assim que eles começaram a carregar o caminhão. Ele já está vindo – disse uma vizinha.

Um dos vizinhos, mais tranquilo, dirigiu-se ao homem do boné listrado, no momento em que ele guardava os papéis numa pastinha preta, e o interpelou.

– Meu senhor, sou amigo antigo do Sr. Wilson, dono dessa casa. Ficamos muito preocupados com o seu desaparecimento. Desde a morte de sua esposa, que nós não o vemos. Já que o senhor está fazendo a mudança dos seus móveis, pode ter alguma notícia sobre ele, não é verdade?

– Meu senhor, nada sei sobre nada. Apenas nos disseram, na firma, que alguém poderia perguntar alguma coisa, por isso estou com esses documentos aqui.

– Muito bem, muito bem, me desculpa, mas o senhor tem ideia de para aonde vai a mudança?

O homem do boné listrado demorou a responder. Olhou para os lados, com um monte de moradores ansiosos, passou uma das mãos pela cabeça, coçou-a durante alguns segundos e respondeu:

– Devemos levar os móveis para o depósito da firma, senhor. O paradeiro das mudanças é segredo da empresa. Isso eu não posso informar, corretamente.

Os homens de uniforme colocaram no caminhão as últimas peças da mudança, tudo bem encaixotado, apesar de não ser muita coisa. Despediram-se amavelmente dos moradores e rumaram em direção à estação de Quintino Bocaiúva, através da Rua Elias da Silva, onde a esposa do Sr. Wilson fora atropelada. No mesmo instante, o filho chegava à Rua João Barbalho, em frente à residência do pai. Ou, antiga residência.

Ao passar pela pracinha de Quintino, o Transporte Andorinhas começou a ser seguido por um Chevrolet preto, estacionado estrategicamente em frente ao coreto, indo imediatamente ao seu encalço. Logo atrás do Chevrolet, um fusca, recém-saído da fábrica seguiu o carro preto, cada um repleto de gente, ultrapassando e deixando-se ultrapassar, simulando a perseguição.

No volante do Chevrolet preto, o filho do Sr. Wilson passou a dirigir nervoso, atento para as ruas pelas quais passava, seguindo o caminhão da mudança, na esperança de descobrir alguma coisa. A todo instante, os carros se revezavam, com os motoristas assinalando que tudo estava indo bem.

– Até que enfim – disse para o carona do lado. – Até que enfim, uma pista do paradeiro de meu pai. Será que ele ainda está vivo?

– Você tem que estar preparado pra tudo, meu filho. Deus é

grande, tudo vai se arranjar.

Fez-se um silêncio durante algum tempo. A comitiva foi passando por Cascadura, Madureira, mas nunca pelo caminho correto. Rente à estrada de ferro, só ruas esburacadas, sem sinalização, calçadas repletas de lixo. Chegando a Bento Ribeiro, o transporte Andorinhas foi diminuindo a velocidade, até penetrar numa rua sem calçamento.

O Chevrolet e o Fusca diminuíram também a velocidade e mantiveram certa distância do caminhão. Dentro dos carros, uma expectativa geral, mas sem que ninguém ousasse colocar a cabeça pra fora. O Andorinhas parou em frente a uma casa com uma mangueira no terreno da frente e uma varandinha, como quase todas as casas de subúrbio.

O Fusca parou também a certa distância, enquanto o Chevrolet se aproximou um pouco mais e se colocou do outro lado da rua. As janelas dos carros permaneceram fechadas e ninguém se mexia. Só expectativa.

– O cara de boné não disse pra você que os móveis iam ser levados para um depósito? – arguiu um dos vizinhos ao filho do Sr. Wilson, ainda dentro do Chevrolet.

– Foi? – perguntou o filho. – Essa casa aí não parece depósito.

O carro da mudança parou bem em frente à mangueira. A janela de madeira da casa se abriu e uma mulher espionou por ela, fazendo sinal para o motorista do caminhão. Era morena, razoavelmente bonita e veio até o portão, também de madeira envernizada, com um telhadinho de telhas coloniais, tornando a residência bucólica e acolhedora. A mulher abriu completamente o portão e o motorista de boné listrado foi ao seu encontro.

Conversaram durante alguns instantes, ela depois entrou na casa, e o motorista deu ordens para os homens descarregarem o material. O filho do Sr. Wilson saltou sorrateiramente do Chevrolet, pediu aos seus vizinhos que ninguém saísse do carro e se aproximou disfarçado, até bem perto do caminhão, já que os funcionários da empresa não o haviam visto junto aos moradores, na residência do pai.

Aproximou-se o mais que pode e permaneceu observando a certa distância, intrigado. A mulher apareceu novamente na varandinha da casa, abraçada às duas filhas, adolescentes lindas, desceram uma escadinha e se colocaram ao lado do portão. Minutos depois, enquanto os homens descarregavam os móveis e os colocavam dentro da casa, o Sr. Wilson apareceu na varandinha. Também desceu as escadas e beijou terna e demoradamente a mulher e as duas adolescentes. Ficaram sorridentes e abraçados, bem juntinhos, apreciando a mudança.

Trinta.` O ladrão de galinhas

Seu Licínio Cardoso apareceu na reunião com uma dúzia de apitos, desses que os árbitros de futebol usam. Irritantes, se não forem tirados logo da boca. Era a fórmula que os moradores das ruas que formavam a esquina tinham para se protegerem contra os ladrões de galinhas. Comuns naquela época.

Galinha, naquele tempo, era alimento sofisticado, tão sofisticado que só se comia aos domingos. Era um dia sempre sagrado, pois o prato sofria a grande concorrência da macarronada com carne assada e seu famoso molho. A macarronada com molho de carne assada era imbatível. Uma festa sem precedentes e só quem curtiu esses momentos do passado, nos subúrbios do Rio de Janeiro, tem razão para sentir falta. Como uma obra de arte que não se repete ou copia.

O domingo era uma festa desde cedo. Todos se encaminhavam para a missa e, na volta da igreja, se discutia o sermão do padre, cuja mão a garotada beijava, sempre que aparecia na rua, em sinal de respeito. Era o dia em que se colocava a melhor roupa, a calça bem vincada e os cabelos com vaselina e Gumex, para não despentear.

Era o dia em que até se tomava banho, pela manhã e, depois do almoço, ia-se à matinê no cinema, para assistir aos filmes de faroeste ou rumar para o campo do Madureira ou São Januário, enquanto não chegasse a grande partida no Maracanã. Nem a sexta-feira era tão deliciosa quanto o domingo. Sem contar com eventuais piqueniques, principalmente na praia de Sepetiba, na zona norte, ou na Urca, na zona sul.

O passeio na Quinta da Boa Vista era também um dos preferidos pelo carioca suburbano, principalmente a visita ao museu para apreciar os esqueletos de dinossauros, ou mesmo constatar a presença das horrendas múmias egípcias. Único momento em que a bebida era especial. Vinho, cerveja ou refrigerante, porque em dia de semana, inclusive sábado, era só água mesmo que acompanhava o almoço, muitas vezes quente, sendo a moringa de barro a salvação, do lado de fora das janelas, pegando o frescor da madrugada.

O passeio, com a viagem a Paquetá num barco que levava mais de duas horas para ir e duas para voltar, fazia parte, principalmente para os mais românticos. Curtir a bicicleta em volta da ilha e tomar banho na Praia da Moreninha eram as grandes opções do suburbano, no fim de semana.

Frango assado, naquela época, era tão valioso que galinha atraía a cobiça dos ladrões. Como todo morador possuía seu galinheiro, havia uma compulsão geral quando as galinhas eram roubadas. E o furto alcançou grandes proporções, gerando um descontentamento geral a ponto de ser preciso organizar reuniões para resolver o assunto.

Galinha se matava em casa, um horror. Não havia penosa morta para se comprar. A dona de casa lhe torcia o pescoço, colocava o seu corpo entre as pernas e dava o golpe final na carótida da pobre coitada com um bom facão afiado. E até o sangue era aproveitado para o famoso molho pardo. Ter um galinheiro arrombado era uma perda irreparável. Provocava tremenda revolta.

Seu Licínio, uma das vítimas dos roubos de galinhas, inventou um apito para denunciar ladrões. A reunião para apresentá-lo foi realizada em sua casa, na Rua Olina, e sua secretaria, D. Eugênia, uma mulher grandalhona, com belos e compridos cabelos, anotou tudo, perfeitamente, numa folha de caderno que continha a letra do hino nacional brasileiro na última página.

A noite preferida para os assaltos era a de sexta-feira, quando os ladrões roubavam as galinhas para vender e fazer o domingo deles. Nessas noites, porque também havia emergências, vários moradores ficavam de vigília em suas varandas, já que quase todas as casas de subúrbio tinham sacada.

Quando havia indício de alguém suspeito, o morador apitava alto e incessantemente. Assim, todos podiam sair de onde estavam e cercar os meliantes. Havia aqueles que nem dormiam, tal a ansiedade da espera pelos bandidos.

Na primeira reunião com os moradores, o apito recebeu aprovação unânime e, em face de qualquer movimento suspeito, funcionaria para prender os larápios. Essa era a missão mais importante dos guardiões. Houve residente que chegou a comprar algumas galinhas D'Angola e dormiu dias seguidos no galinheiro, com uma cama improvisada, afirmando, depois, que só havia desistido de esperar, devido às bicadas dos galos.

Outro morador, Seu Toninho, morava exatamente na esquina das ruas. Guarda- civil, alto, forte, vivia fardado, mesmo quando não estava de serviço, como forma de manter respeito. Ele era o mais solicitado quando havia alguma ocorrência irregular.

Numa dessas noites de sexta-feira, em que todos os moradores estavam de vigília, Seu Toninho atrasou-se para chegar do trabalho, por causa do trânsito e, ainda na esquina das ruas, subindo pela Barros Leite, em frente ao armazém de D. Anatália, deparou-se com um individuo estranho, perambulando por ali e espreitando a sua própria casa. Apesar do cansaço do dia e do sono, manteve-se à espreita, por trás de um poste que se tornara famoso por ser o preferido dos encontros dos velhos e dos jovens, graças a sua fraca luminosidade. Ficou observando o suspeito e aguardando os acontecimentos.

Apalpou um dos bolsos de sua farda verde e constatou que estava bem armado com o seu apito, além do revólver de sempre. Segurou bem o revólver no coldre e o apito no bolso. O suspeito subiu a suave ladeira da Travessa Barros Leite - que, na verdade, era uma rua - e chegou até o muro da casa do guarda. Parou alguns minutos, olhou para todos os lados. Abriu um saco que carregava nas mãos, lançou-o por cima do muro onde se encontrava o galinheiro e espalhou um estranho pó branco que contratou com a noite escura.

Aguardou mais alguns instantes e saltou espetacularmente para dentro do terreno. Seu Toninho tudo observava. Quando percebeu que seria difícil para o ladrão tentar a fuga, passou pelo portão e entrou em sua própria casa. Ao se deparar frente a frente com o criminoso - que já se preparava para abrir o galinheiro com as galinhas e o galo dopados - vibrou forte e longamente o apito do Seu Licínio, pulando para cima do invasor.

Num instante, todas as luzes das casas vizinhas estavam acesas e o apitaço foi geral e ensurdecedor. Cada som tinha um código e, num instante, um amontoado de moradores já se encontrava na casa do Seu Toninho, imobilizando o ladrão, já carregado de várias galinhas das redondezas.

- Até que enfim! Até que enfim! - gritavam os moradores, apitando nos ouvidos do meliante.

A notícia se espalhou pela madrugada. De outras ruas, apareceu mais gente e, em pouco tempo, o terreno do Seu Toninho se tornou pequeno. Alguns tiveram que ficar do lado de fora, bem na esquina. Seu Licínio chegou ofegante e vitorioso, com um grande apito na boca. Eufórico como se fosse o chefe dos apiteiros, trazia uma corda de atracar navio e amarrou o ladrão no tronco de uma mangueira, dentro do terreno.

A multidão em volta, que gritava e assustava dando vivas e ameaçando linchamento, na hora do vamos ver, se continha, pois, na realidade, nem sabia o que fazer com o ladrão, limitando-se a cuspir em seus pés.

Muito tempo passou, o bandido continuava amarrado na mangueira, apavorado e atento a qualquer agressividade, assustando-se sempre que aparecia uma nova vítima para engrossar o caldo. De vez em quando, um longo silêncio tomava conta do ambiente e queixas e mais queixas de várias galinhas roubadas chegavam em sequência.

Quando o silêncio fez-se mais significativo, olhares espantados da multidão desviavam-se para uma moradora parruda, que chegara ofegante, mas muito disposta. Dona Maria Labareda, a mulher mais valente do local, portuguesa troncuda de olhos verdes e autoritários. Imponência que se acentuava com um pequeno bigodinho, chegara bufando. Ela, que fora a maior das vítimas, estava sempre presente aos vários acontecimentos da região.

Temida pelos vagabundos, Maria Labareda era, entretanto, a primeira a tomar providências quando alguém ficava em perigo. Socorria de imediato, rezava ou levava para o hospital. Além de tudo, era a rezadeira do bairro, com seu galhinho de arruda embebido em azeite português. "Bicho-papão, bicho-bião, lagarto, lagartão, bicho de toda a nação, salamandra...".

Os "pacientes" de Dona Labareda, depois de uma consulta, voltavam para casa aliviados, cientes de que estariam melhor. Espinhela Caída era o seu diagnóstico preferido. Mas, quando ela ficava doente, é óbvio, procurava imediatamente o médico do local, Dr. Alcione, grande profissional que, infelizmente, se mandou para as bandas da cidade de Miguel Pereira.

A valente mulher chegou resoluta e logo toda a atenção do ladrão desviou-se para ela, como se fosse partir dela a decisão sobre o seu destino. Após entrar pelo portão, passou por um corredor humano formado pelos moradores, também assustados e dirigiu-se ao ladrão amarrado no tronco da mangueira. Atrás dela, Seu Toninho e Seu Licínio seguiam em posicionamento, como se ainda precisassem protegê-la.

Bem devagar, sob os olhares atentos da multidão, ela se aproximou do ladrão, olho no olho, trincando os dentes das dentaduras que o Dr. Helinho lhe fizera, de forma dantesca e vingativa.

– És tu, então, o famoso ladrão de galinhas que estava a impedir o nosso almoço dos domingos, hein, vagabundo? És tu?! – perguntou, cerrando os punhos.

Maria Labareda aproximou-se mais ainda do ladrão e começou a desatar a corda que o prendia à árvore, quase ao lado da porta do galinheiro. O ladrão ficou assustado por desconfiar que seria solto para ser linchado. Enquanto isso, a multidão, perplexa, aguardava o que Dona Labareda pretendia fazer. O suspense e o silêncio estiveram presentes durante algum tempo. Todos em silêncio.

Livre das cordas grossas e incômodas, o ladrão sacudiu as mãos, olhou bem para todos em volta, e depois encarou Dona Maria, à mercê do seu julgamento. Ficou assim, em expectativa angustiada, até levar um tremendo murro nas ventas, passar por cima da multidão e cair na porta do galinheiro. Numa tentativa de se recompor, pôs-se ligeiramente de quatro e levou um violento pontapé na bunda, que o arremessou até o portão de entrada, que acabou sendo sua fuga.

– Saloio de uma figa! Ladrão dos almoços de domingo, se apareceres por aqui novamente, hás de ver o que acontecerá contigo! – berrou, furiosa, Dona Maria Labareda, se encaminhando para o portão, indo atrás dele e sendo vivamente ovacionada pela multidão. A execução fora consumada e aprovada por todos, inclusive pelo guarda, Seu Toninho, que acabara de encontrar a solução ideal para o caso do ladrão de galinhas.

– Viva, Dona Maria Labareda, viva!

Naquela época, ladrões tinham vergonha e também autoestima. Este nunca mais apareceu no local.

Depois de algum tempo, morreu Seu Toninho, num dia de

Natal. Dona Maria Labareda e Seu Licínio Cardoso, protagonistas desta história, também morreram. Óbvio. Muitos outros morreram, assim como as galinhas e os galinheiros.

No dia do enterro do Seu Licínio, moradores de todas as ruas que formavam a esquina compareceram em massa ao féretro. Fizeram questão de cooperar, encomendando caixão de primeira, adornado com arabescos dourados e prateados.

O caixão não fora coberto com a bandeira do Flamengo, nem do Fluminense. Em cima dele, apenas o enorme apito do Seu Licínio. O cortejo fúnebre, até o caixão ser colocado dentro da sepultura, foi acompanhado por um tremendo apitaço, em homenagem ao Seu Licínio. Junto com as flores, seu apito o acompanhou pela eternidade.

Para conhecer outros lançamentos da In Media Res Editora, visite seu site:
www.inmediares.com.br/